# 讀日本文化說日語

作者 ◆ 木下真彩子／津田勤子
譯者 ◆ 李喬治

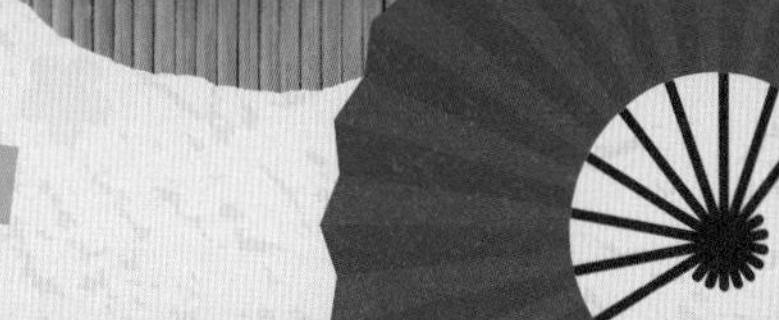

國家圖書館出版品預行編目（CIP）資料

讀日本文化說日語：彩圖二版 / 木下真彩子，津田勤子著；
李喬治譯 . -- 二版 . -- 臺北市：寂天文化，2019. 02
面；　公分
彩圖版
ISBN 978-986-318-698-4 (20K 平裝附光碟片)
ISBN 978-986-318-775-2 (25K 平裝附光碟片)
1. 日語 2. 讀本
803.18　　108000840

# 讀日本文化說日語：彩圖二版

| | |
|---|---|
| 作　　者 | 木下真彩子／津田勤子 |
| 審　　訂 | 津田勤子 |
| 譯　　者 | 李喬治 |
| 編　　輯 | 黃月良 |
| 校　　對 | 洪玉樹 |
| 版型設計 | 林書玉 |
| 排　　版 | 謝青秀 |
| 製程管理 | 洪巧玲 |
| 出 版 者 | 寂天文化事業股份有限公司 |
| 電　　話 | +886-(0)2-2365-9739 |
| 傳　　真 | +886-(0)2-2365-9835 |
| 網　　址 | www.icosmos.com.tw |
| 讀者服務 | onlineservice@icosmos.com.tw |



**出版日期**　2019年2月　二版二刷　(250101)
**郵撥帳號**　1998-6200　寂天文化事業股份有限公司
・劃撥金額600元（含）以上者，郵資免費。
・訂購金額600元以下者，請外加郵資65元。
〔若有破損，請寄回更換，謝謝。〕

# 前言

一個共通的話題能讓你愉快地與日本人談天説地！但是要找什麼共通的話題呢？話題的內容既要有深度，又不能聊到一半尷尬得彼此大眼瞪小眼。要符合這個標準，筆者建議大家從文化的點切入。

筆者利用在台灣居住多年的經驗，基於這樣的想法而寫作這本《讀日本文化説日語》。「東京是日本的首都嗎？」看似理所當然的問題，卻有意外的回答；「煎茶與抹茶有什麼不同？」一時難以解釋清楚，直接用照片彩圖來説明……本書中，我們將利用 30 個日本文化主題的 Q&A，帶領大家一起來深入探個究竟。

本書收錄 **30 個日本文化** Q&A，利用問與答的短文形式簡明介紹日本文化，內容廣泛涵蓋最基本重要的日本文化層面，非常適合日文學習者。

除了文化主題的小短文之外，每個單元有 **2 個相關會話**，引導讀者思考碰到這個話題時要説什麼，如何利用該話題激起雙方的交流火花！

如果讀者閱讀短文時有不懂之處，可對照書末的中文翻譯，或先由會話單元切入，模仿學習會話角色的對話。條條大路通羅馬，兩種不同形式不僅可以彈性互補，也可以達到緩和學習困難的效果。

除了短文及會話之外，每個單元還附上「**練習題**」提供讀者進行回饋學習，還有「**文化加油站**」補充更深入豐富的相關資訊，讓讀者更了解日本文化。

若這本書能讓讀者更加了解日本文化，為日文學習增添羽翼，為和日本人聊天的話題添油加醋，讓會話更加生動精采，則筆者深感榮幸。

# 目錄

# 01 日本には島がいくつありますか？

## 日本有幾座島嶼？

001 日本には6852の島があると言われています。意外に多くて驚いた人も多いのではないでしょうか。島とは、周りを海で囲まれた陸地のことで、皆さんもよくご存知の北海道、本州、四国、九州も普段は島とは呼びませんが、実は大きな島（世界最大の島はグリーンランド。日本の本州は第七位）なのです。

上記の４つ、それに沖縄を除いて、日本の領土で最も大きい面積を持つ島は新潟県の佐渡島で、855平方キロメートルあります。住んでいる人が一番多い島は兵庫県の淡路島で、14万7000人の住民がいます。

最近、離島の旅が人気になりつつあります。まだ汚染されていないきれいな海や星空が見られたり、獲れたての魚介類が食べられたり、今までの観光地にはない魅力が注目されているからです。

次の説明のうち、正しいものを一つ選びなさい。

a 日本には島が５つしかありません。

b 最近、離島へ行く旅が 注 目を集めています。

c 北海道は、島ではありません。

d 佐渡島は 兵 庫県にあります。

## 會話 1

日本には、大きい島や小さい島がたくさんあるんですね。

そうみたいですね。実は私も詳しく知りませんでした。

台湾も同じですけど、海が見える所も多いですよね。

大体どの県も、海に面していますが、「海なし県」もありますよ。

「海なし県」？山梨県なら聞いたことがありますけど。

どこも海に面していない県の<u>こと</u>です。群馬県とか長野県とか、全部で8つあります。

**こと**　一般以「**（Aとは）Bのことだ（です）**」的形式表示「說明某單字的意思或某內容」

- 少子化とは、子供の数が減る現象のことだ。

## 會話 2

003

今度、旅行で神戸・明石と淡路島へ行きます。

淡路島へ行くんですか。

ええ。観光バスで。明石海峡大橋を通って、淡路島を観光する予定です。

淡路島でどんな所を観光するんですか。

日程表によると、いろんな花が見られる公園や特産品売り場に行きます。

特産品？お土産、楽しみにしていますよ。

**によると** 利用「**AによるとB／AによればB**」表示A是B的情報來源。

- 天気予報によると、明日は雨になるそうです。

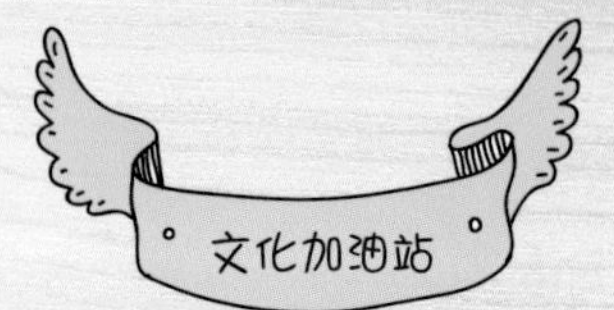


# 到離島去吧！

哪裡有好玩的日本離島？在此介紹其中五座島嶼。

首先是「**禮文島**」及「**利尻島**」，可以從北海道的稚內搭船前往。兩座島上都有非常適合徒步健行的山丘，而且還可以看到本州島上難得一見的高山植物。

接下來是位於距離新潟市五十公里海面上的「**佐渡島**」，這裡是對有特殊的自然寶藏之稱的紅鶴進行保護及繁殖的地區。其他還有許多設施被視為重要的文化財產，或是史蹟、近代產業遺跡等等。

然後是南方的**八重山諸島**，也就是**石垣島**、**竹富島**、**小濱島**、**西表島**的總稱，搭乘快艇或飛機都可抵達。日本群島中距離赤道最近的八重山諸島，是可以看到美麗星空的地方。

【北海道】
利尻 礼文

【沖縄県】
八重山諸島・久米島・宮古島

【長崎県】
軍艦島（端島）

【香川県】
小豆島

【新潟県】
佐渡島

【長崎県】
壱岐・五島列島

【東京都】
伊豆諸島

【鹿児島県】
屋久島

【兵庫県】
淡路島

【鹿児島県】
奄美大島

【鹿児島県】
種子島

【鹿児島県】
与論島

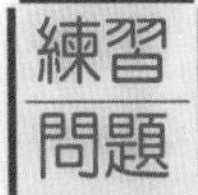


## 1) 言葉の説明をする時に用いる「こと」を使って、文を完成させましょう。

例 海(うみ)なし県(けん)とは、どこも海(うみ)に面(めん)していない県(けん)のことです。

❶ 島(しま)／周(まわ)りを海(うみ)で囲(かこ)まれた陸地(りくち)です。

→ ……………………………………………………

❷ 獲(と)れたて／魚介類(ぎょかいるい)や農作物(のうさくもつ)を収穫(しゅうかく)したばかりです。

→ ……………………………………………………

❸ 日程表(にっていひょう)／一日(いちにち)にすることをまとめた表(ひょう)です。

→ ……………………………………………………

## 2) 音声を聞いて、（　　）の中を埋めてみましょう。 004

❶ この島(しま)では、マリンスポーツや（　　　　）ができます。

❷ 日本(にほん)には、（　　　　）島(しま)がたくさんあります。

❸ 来月(らいげつ)、出張(しゅっちょう)（　　）東京(とうきょう)に行(い)く予定(よてい)です。

## 3) 音声を聞いて、正しければ○、間違っていれば×を入れましょう。

005 ❶（　　　）　006 ❷（　　　）　007 ❸（　　　）

02

# 日本は、台湾の何倍大きいですか。

## 日本是台灣的幾倍大？

008 日本の大きさは、台湾のほぼ10倍です。思ったより大きくないなと思いましたか。それとも、台湾は日本の10分の1しかないの？と驚きましたか。日本の総面積は約37万8000平方キロメートルです。台湾の総面積は、3万6189平方キロメートルで、日本の九州とだいたい同じ面積だと言われています。

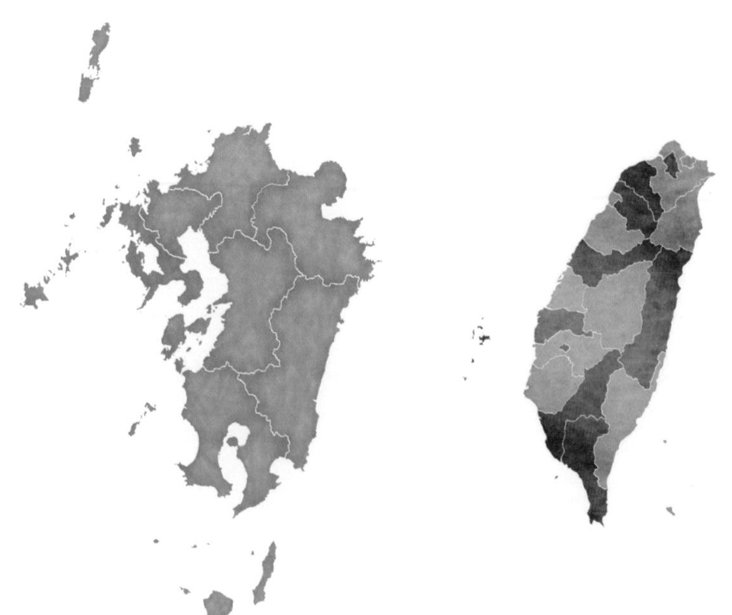

　では、世界全体でみると、日本は面積の大きい国に入るんでしょうか。それとも、小さい国に入るんでしょうか。200 近くある世界の国の中で、日本の大きさは 60 番目くらいだそうです。皆さんにも親しみのある国、例えばドイツ、イタリア、イギリス、ベトナム、マレーシアなどより日本の方が大きいんですよ。ちなみに、日本の北から南までの長さは、3000 キロメートル余りあります。

次の説明のうち、正しいものを一つ選びなさい。

a 台湾の総面積は、日本の 10 倍です。

b 世界の国の中で、日本は 200 番目に大きいです。

c イギリスは日本より大きいです。

d 日本はベトナムより大きいです。

## 會話 1

009

日本って、大きい国ですか。

うーん、どうでしょう？台湾よりは大きいですよ。

どのくらい大きいんですか。

日本の面積は、台湾の 10 倍くらいあると思います。

日本は、台湾の 10 倍大きいんですか。

そうですよ。それに、イギリスよりも大きいんですよ。

**10倍**　如果是 2 倍的話，可以說「～の倍」、「～の 2 倍」。後續則是「3 倍」、「4 倍」、「5 倍」…。

## 會話 2



010

日本の面積は、38 万平方キロメートルくらいですか。

はい。台湾の面積は、どのくらいですか。

約 3. 6 万平方キロメートルです。

へえ、そうですか。思っていたより大きいですね！

日本の九州とだいたい同じ大きさですよ。

ああ、そう言われると、イメージしやすいですね。

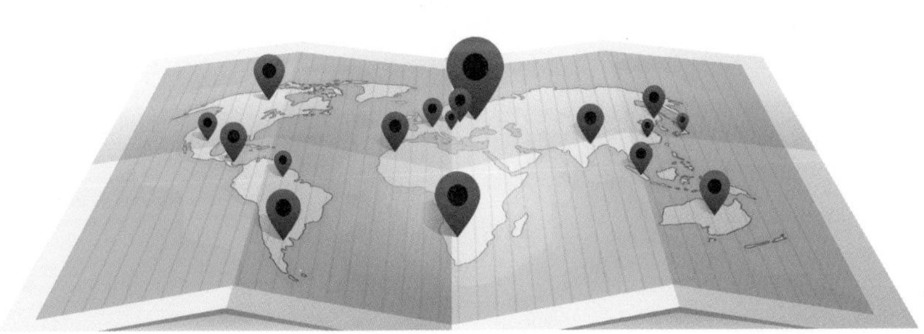

**同じ大きさ**　「**同じ**」是特殊な形容詞，以「同じ＋名詞」接續。「**大きさ**」是形容詞「大きい」的名詞形，表示「大小」意思。

# 意外的，日本並不小

雖然我們知道日本的面積不如想像中的小，但為何日本國土總給人零散分佈的印象呢？那是跟日本可住面積的百分比有關。日本的可住面積僅占總國土的 20%，因此人口密度比起面積狹小的德國或英國還要高，而東京的人口密度每平方公里超過 5 千 5 百人，這種擁擠雜亂，可能是世界第一。

以下是世界人口排行榜。

## 世界人口排行榜

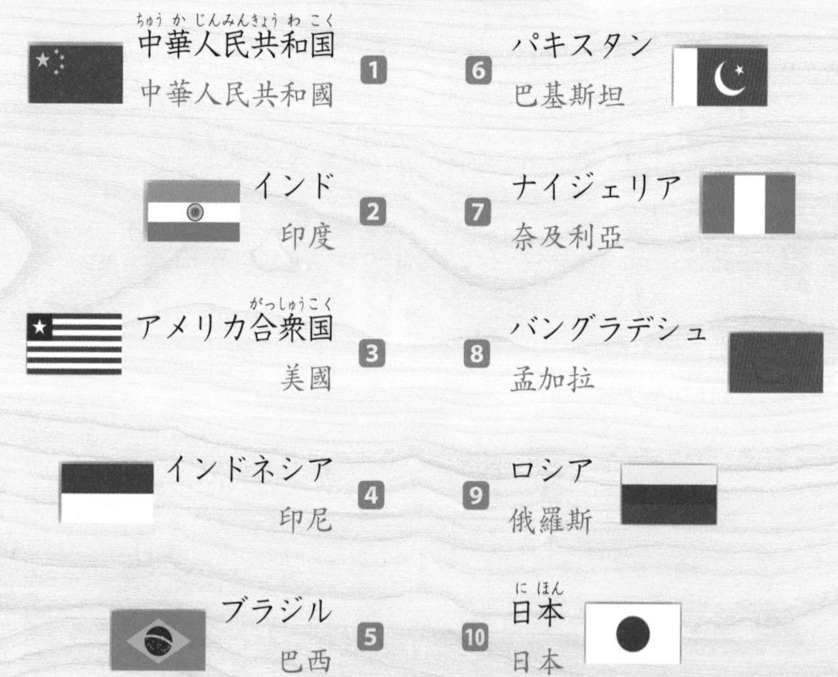

## 練習問題

### 1) 「～より～ほうが」を用いて、文を完成させましょう。

例 マレーシアより日本(にほん)のほうが大(おお)きいです。

❶ ヨーロッパ ＜ アジア　　物価(ぶっか)が安(やす)いです

→ ……………………………………

❷ ここ ＜ あそこ　　涼(すず)しいです

→ ……………………………………

❸ 新幹線(しんかんせん) ＜ 飛行機(ひこうき)　　早(はや)く着(つ)きます

→ ……………………………………

011

### 2) 音声を聞いて、（　　　）の中を埋めましょう。

❶ 日本(にほん)の大(おお)きさは、台湾(たいわん)のほぼ（　　）です。

❷ ドイツは皆(みな)さんにも（　　　）のある国(くに)です。

❸ 日本(にほん)の（　　）から（　　）までの長(なが)さは、3000キロメートル余(あま)りです。

### 3) 音声を聞いて、正しければ○、間違っていれば×を入れましょう。

012 ❶（　　）　013 ❷（　　）　014 ❸（　　）

# 03

# 東京は、日本の首都ですか。

## 東京是日本的首都嗎？

015 法令などの正式な形では、実は東京を日本の「首都」と定めてはいません。でも実質、東京を中心とする周辺地域をまとめて「首都圏」と呼んだりしますし、国の政治や経済を管轄する機関が東京に集中していますので、東京は日本の首都だといっていいでしょう。

東京には1370万人以上の人が暮らしています。これは、日本の人口の約10分の1に当たります。東京には、23区（新宿区、渋谷区、千代田区など）の他に、26の市と5つの町、8つの村があります（2018年現在）。

東京というと、渋谷や原宿、お台場、六本木など都会的でおしゃれなイメージが強いと思いますが、実は人情味あふれる下町や、閑静な住宅街もあります。皆さんも東京に行ったら、ぜひ東京のいろんな面を見てみてくださいね。

次の説明のうち、正しいものを一つ選びなさい。

a 東京には、137万人以上の人が暮らしています。

b 日本の人口の約10分の1が、東京に住んでいます。

c 新宿や渋谷は、東京23区に含まれません。

d 東京には、おしゃれで都会的な所しかありません。

## 會話 1

016

日本(にほん)の首都(しゅと)は、東京(とうきょう)ですよね？

事実上(じじつじょう)、そういえると思(おも)います。1300 万人(まんにん)以上(いじょう)が暮(く)らしていますよ。

そんなにたくさん？すごいですね。

日本(にほん)の人口(じんこう)の約(やく) 10 分(ぶん)の 1 です。

東京(とうきょう)はごちゃごちゃしているイメージがあります。

でも、東京(とうきょう)にも静(しず)かな地区(ちく)がありますよ。

**以上** 可以跟「**以下(いか)**」一起背起來。

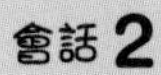


017

台北は、台湾で一番大きな都市です。

そうですか。台北の人口はどのくらいですか。

たしか、266万人くらいです。

けっこう多いですね。

東京と同じで、経済や政治の中心地です。

テレビで見たことがありますが、ずいぶんと立派な街ですよね。

**たしか** 針對明確的事物表示不是那麼確信的推測。此處亦也可改成「**たぶん**」。

# 日本的首都

一般人印象中，會覺得日本首都是東京，但是事實上，在法律上日本的首都目前仍然未定。在學術理論上，有人主張日本首都是東京，有人主張是京都，還有主張東京和京都兩者都是首都。不過，以東京為中心的東京都和關東 6 縣，再加上山梨縣所形成的區域稱為「首都圈」來看，日本的首都畢竟還是東京吧！

之前已分別介紹過日本有 1 都 1 道 2 府和 43 縣，不過這其中也有都市名遠比縣名更為人所知，以致弄錯的人可能也不少吧。例如名古屋是愛知縣內的都市，神戶是兵庫縣內的都市，可不是縣名哦。

「地方」地域名稱如下：

**北海道地方**（ほっかいどうちほう）
北海道

**九州地方**（きゅうしゅうちほう）
福岡 | 佐賀 | 長崎
熊本 | 大分 | 宮崎
鹿児島 | 沖縄

**東北地方**（とうほくちほう）
青森 | 岩手 | 宮城
秋田 | 山形 | 福島

**関東地方**（かんとうちほう）
東京 | 神奈川
埼玉 | 千葉 | 茨城
栃木 | 群馬

**近畿地方**（きんきちほう）
大阪 | 京都 | 兵庫 | 滋賀
奈良 | 和歌山 | 三重

**中国地方**（ちゅうごくちほう）
山陰（さんいん）：鳥取、島根
山陽（さんよう）：岡山、広島、山口

**四国地方**（しこくちほう）
徳島 | 香川
愛媛 | 高知

**中部地方**（ちゅうぶちほう）
甲信越（こうしんえつ）：新潟、山梨、長野
北陸（ほくりく）：富山、石川、福井
東海（とうかい）：愛知、岐阜、静岡

## 1) 「～というと」（說到～）を使って、文を完成させましょう。

例 東京というと、おしゃれなイメージが強いと思います。

❶ 九州／豚骨ラーメンを思い出します

→ ……………………………………

❷ 渋谷／スクランブル交差点が有名ですね

→ ……………………………………

❸ 冬のグルメ／やっぱり鍋料理です

→ ……………………………………

## 2) 音声を聞いて、（　　）の中を埋めましょう。 018

❶ 法令では、東京を日本の（　　）に定めていません。

❷ 周辺地域をまとめて（　　）と呼んでいます。

❸ 東京には、（　　）が全部で 23 あります。

## 3) 会話音声を聞いて、正しければ○、間違っていれば×を入れましょう。

019 ❶（　　）　020 ❷（　　）　021 ❸（　　）

04

# 日本でも旧暦を使いますか。

## 日本也會使用農曆嗎？

022 ビジネスや学校をはじめ、今日の日本社会では旧暦をめったに使いません。台湾と違って、カレンダーに旧暦と新暦の日付が両方とも印刷されることも、あまりありません。そういう意味では、現代日本人にとって旧暦は馴染みが薄いものです。

暦が今の新暦に変更されたのは、明治6（1873）年のことですが、大正末期、昭和のはじめ頃まで日本でもお正月というのは、旧正月に行っていました。

また、中秋の名月や七夕、端午の節句、お盆祭りなど、現代の日本人でも続けている行事は、もともと中国から伝わったもので、旧暦と関係があります。そういう意味では、日本人の生活と旧暦は切っても切れない深いつながりがあると言えそうです。

次の説明のうち、正しいものを一つ選びなさい。

a 日本では今も新暦と旧暦が同じように使われています。

b 明治時代に、旧暦の使用は廃止されました。

c 日本には、旧暦の影響を受けた行事が一つもありません。

d 日本のカレンダーにも、旧暦と新暦の両方が書かれています。

## 會話1

今日はちょっとバタバタした1日でした。

どうしたんですか。

今日、母の誕生日なので、お祝いのメッセージをメールで送ったんです。

わあ、おめでとうございます。今日ということは10月12日ですね。

いいえ、8月23日が誕生日です。

え?どういうことですか。

**バタバタする**　副詞，做事慌慌張張的樣子。

- 引っ越しの準備で、このところ毎日バタバタしている。

## 會話 2

024

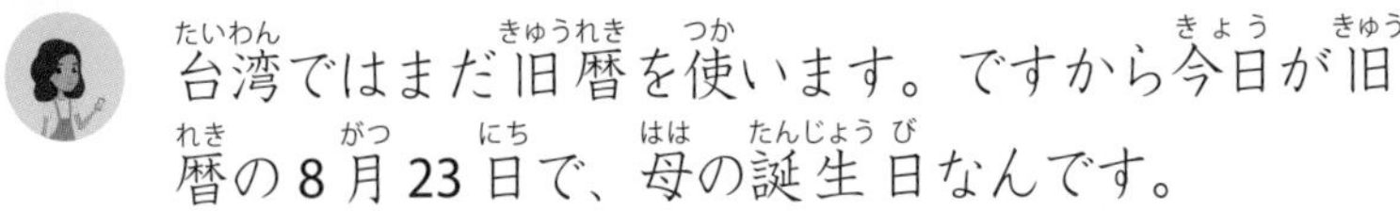

台湾ではまだ旧暦を使います。ですから今日が旧暦の8月23日で、母の誕生日なんです。

うわーー、複雑ですね。頭が混乱してきました。

いいえ、ちっとも。カレンダーを見ればすぐわかりますから。

どんなプレゼントを差し上げたんですか。

ネットで注文して、母が欲しがっていた本を買ってあげました。

ご本人が欲しい物をプレゼントするのが、一番ですね。

**～がる** 接尾語。接在い形容詞、な形容詞的語幹及名詞後面。表示「感覺～；覺得～」，如：「暑がる」「不思議がる」「嫌がる」等等。

# 日本的年號

大家應該都聽過「明治」或「大正」之類的詞句吧？這就是所謂的「**年号**」。日本除了西曆以外，從古時候開始就常會使用屬於日本自己獨自的年號（也可以稱之為「元号」）。從 645 年「大化」開始的年號，原本會因為天皇的即位、天災地變等原因更改年號，但是明治以後就修改為只有皇位繼承的時候才會更改年號。

日本存在時間最短的年號是奈良時代的「天平感宝」，只用了三個月而已；最長的則是昭和，從 1926 年一直用到 1989 年，共持續了 64 年。順帶一提，現在的年號是「平成」，剛好是第 250 個年號。而平成隨著天皇的退位，將在 2019 年劃下句點。

**日本近代年號和西曆對照表**

| 年號 | 終年 | 始於 | 終於 |
|---|---|---|---|
| 明治 | 明治 45 年 | 1868/09/08 | 1912/07/29 |
| 大正 | 大正 15 年 | 1912/07/30 | 1926/12/24 |
| 昭和 | 昭和 64 年 | 1926/12/25 | 1989/01/07 |
| 平成 | | 1989/01/08 | |

## 1) 下線の部分を「～がる」を使った文に変えてみましょう。

例 これは母が欲しかった本です→これは母が欲しがっていた本です。

❶ 弟は初めて一人暮らしをして、今とても寂しいです

→ ……………………

❷ どうしたの？プレゼントをもらったのに、あまり嬉しくないですね

→ ……………………

❸ あんなに嫌だったのに、行くことにしたんですか

→ ……………………

## 2) 音声を聞いて、（　　）の中を埋めましょう。 025

❶ 日本では、旧暦を（　　）使いません。

❷ 現代日本人にとって旧暦は馴染みが（　　）ものです。

❸ 端午の節句などは、（　　）中国から伝わりました。

## 3) 会話音声を聞いて、正しければ○、間違っていれば×を入れましょう。

026 027 028

❶（　　）　❷（　　）　❸（　　）

# 05 日本人と食事する時、何に気をつければいいですか。

跟日本人一起用餐的時候，要注意些什麼呢？

029 和食には洋食ほど厳しいテーブルマナーはありませんが、お箸の使い方にいくつかタブーがあります。まず、箸と箸で料理の受け渡しをする「箸渡し」、ごはんの上に箸を突き刺す「立て箸」。これらは縁起が悪いので、やめましょう。この他、料理に箸を突き刺して食べる「刺し箸」、箸でお皿やお椀を引き寄せる「寄せ箸」も、お行儀がいいとは言えませんのでやめましょう。

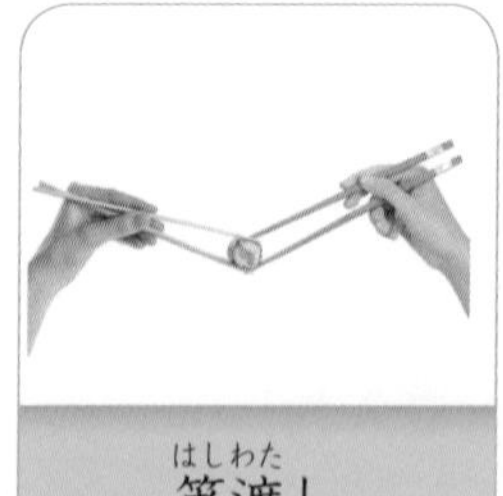

箸渡し

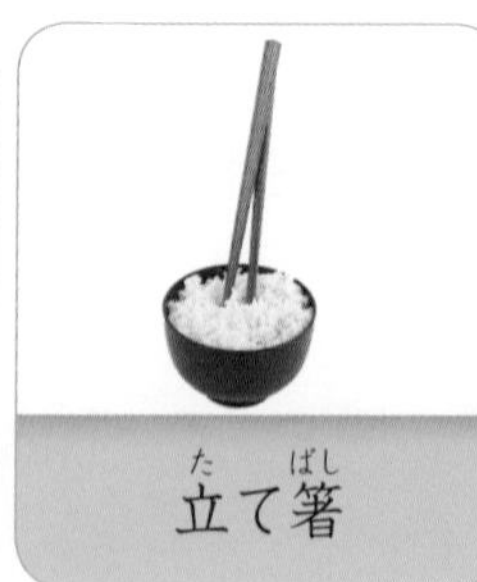

立て箸

刺し箸

寄せ箸

他にも、食べ始める時に「いただきます」、食べ終わったら「ごちそうさま」という習慣が日本にはあります。

とはいえ、食事は楽しくするものですから、マナーばかり気になって楽しめないと本末転倒です。お互い、相手の国の食事マナーを尊重しながら、気持ちよく食事できればいいですね。

次の説明のうち、正しいものを一つ選びなさい。

a 箸と箸で料理の受け渡しをすることを「箸渡し」といいます。

b 和食では食事のマナーやタブーは全然ありません。

c 日本人は食事を始める時、黙って食べ始めます。

d 「刺し箸」とは、刺身を食べる時に使う箸のことです。

## 會話 1

030

ゆりさん、何(なに)を作(つく)っているんですか。

あ、これ？箸置(はしお)きです。

は……箸置(はしお)き？

ええ。割(わ)り箸(ばし)の袋(ふくろ)を箸置(はしお)きにするんです。

食事中(しょくじちゅう)はそこに箸(はし)を置(お)くんですね？

はい、そうです。ティンティンにも一(ひと)つあげましょう。どうぞ。

**箸置き** 也有人會將筷套打成「千代結(ちよむす)び」當筷架。「千代結(ちよむす)び」是打節方式之一，被認為是吉利的打節法。做料理時，有時也會將昆布等等食材打上「千代結(ちよむす)び」。

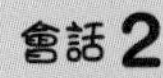


031

わあ、おいしそうな定食(ていしょく)ですね！

ええ、豪華(ごうか)ですね。

この、蓋(ふた)がついているお椀(わん)は、どうしますか。

最初(さいしょ)に全(すべ)ての蓋(ふた)を取(と)ります。

食(た)べ終(お)わったら、どうしますか。

食(た)べ終(お)わったら、元(もと)に戻(もど)しますよ。

**お椀** 「お椀(わん)」指的是喝湯的碗，飯碗是「お茶碗(ちゃわん)」。而「丼(どんぶり)」是指深底厚磁的大碗，「親子丼(おやこどん)」（雞肉蓋飯）等是用深底大碗裝盛料理的客飯。

**たら** 表示假設。

- 疲(つか)れたら、休(やす)んでください。（累了的話，就去休息。）

# 為什麼「箸渡し」是忌諱呢？

「箸渡し（はしわたし）」是用筷禮儀中最忌諱的一種。因為這種行為跟死者火化後遺屬撿拾遺骨挾入骨壇中類似，讓人覺得不吉利。其他的用筷的忌諱如下：

| | | | |
|---|---|---|---|
| 刺し箸（さしばし） | 用筷子插著菜吃。 | 迷い箸（まよいばし） | 不知該吃哪道菜，筷子在各道菜上空游移不定。 |
| 涙箸（なみだばし） | 筷子前端滴著湯汁。 | 探り箸（さぐりばし） | 用筷子在湯汁中攪拌，找尋餐盤中的未知食材。 |
| ねぶり箸（ねぶりばし） | 用嘴舔著筷子再挾菜。 | 空箸（そらばし） | 筷子碰到菜了卻又不吃而空筷收回。 |
| かき箸（かきばし） | 嘴貼著碗口、狼吞虎嚥地吃著。 | 受け箸（うけばし） | 拿著筷子去添飯。 |
| 込み箸（こみばし） | 用筷子拼命把菜往嘴裡塞。 | 寄せ箸（よせばし） | 用筷子把餐盤挪到自己跟前。 |
| 振り箸（ふりばし） | 抖掉筷子前端沾著的湯汁。 | 渡し箸（わたしばし） | 用餐中將筷子橫放在餐盤上（表示「已經不吃了」）。 |
| 叩き箸（たたきばし） | 用筷子敲餐具或餐桌叫服務生過來。 | 指し箸（さしばし） | 用餐中拿筷子指著人。 |
| 移り箸（うつりばし） | 只顧不停吃著桌上各式各樣的菜，這種行徑讓人感覺十分貪婪。 | くわえ箸（くわえばし） | 未把筷子放下，而是口裡銜著筷子、手裡拿著餐具。 |
| 持ち箸（もちばし） | 一手拿著筷子，另一隻手拿著其他餐具。 | 立て箸（たてばし） | 在飯上插著筷子叫做佛筷（仏箸），僅容用於供放在往生者枕邊的枕飯。 |
| こじ箸（こじばし） | 因為不吃放在餐盤最上層的菜，而用筷子在菜裡不停翻攪，撿起來吃分。 | 箸渡し（はしわたし） | 用筷子挾起的菜再由另一人用筷子挾過去，兩人用筷子把菜傳來傳去的方式也不行。 |
| 二人箸（ふたりばし） | 兩個人同時挾著同一道菜。 | | |

## 1) 疑問詞＋「か」を用いて、文を完成させましょう。

例 お箸(はし)の使(つか)い方(かた)にいくつかタブーがあります。

❶ 本(ほん)を（何冊(なんさつ)）買(か)います

→ ……………………………………

❷ お金(かね)を（何万円(なんまんえん)）貸(か)してください

→ ……………………………………

❸ 先生(せんせい)に（何回(なんかい)）お電話(でんわ)しました

→ ……………………………………

## 2) 音声を聞いて、（　　）の中を埋めましょう。 032

❶ 箸渡(はしわた)しは（　　　）が悪(わる)いので、やめましょう。

❷ 食(た)べ終(お)わった時(とき)には（　　　）という習慣(しゅうかん)があります。

❸ その国(くに)の食事(しょくじ)（　　　）を尊重(そんちょう)しましょう。

## 3) 会話音声を聞いて、正しければ○、間違っていれば×を入れましょう。

033 ❶（　　　）　034 ❷（　　　）　035 ❸（　　　）

06

# お寿司には、どんな種類がありますか。

## 壽司有哪些種類？

036 海苔を巻いた「巻き寿司」や、油揚げに酢飯を詰めた「稲荷寿司」は、台湾のコンビニでもよく売っていて、皆さんもよくご存知ですよね。そして、刺身を握った酢飯の上にのせた「握り寿司」も、今では回転寿司のお店で安価で食べられるようになったポピュラーなお寿司です。他にも、ウニやイクラを上にのせて側面を海苔で巻いた「軍艦巻き」や、酢飯の上にそのまま刺身やネタを散りばめた「ちらし寿司」、海苔をくるりと巻いた「手巻き寿司」も、日本ではよく食べられます。

06

# お寿司には、どんな種類がありますか。

日本の家庭では、特別なお祝いの日やお客様が来た日などに、お寿司の出前を取ることがあります。見た目が豪華で、いろんな味が楽しめますから、パーティーにもぴったりです。

次の説明のうち、正しいものを一つ選びなさい。

a 日本人は毎日お寿司を食べます。

b 日本では出前をしてくれるお寿司屋さんもあります。

c 寿司の種類は、「巻き寿司」と「握り寿司」の２つだけです。

d 日本ではほとんどの人が、「握り寿司」しか食べません。

## 會話 1

037

ゆりさん、お寿司って箸で食べますか。手で食べますか。

私はお箸で食べます。

どちらでもかまわないんですか。

通の人は手で食べるべきだと言いますが、どちらでもいいと思います。

通って？

あることについて詳しい人のことです。

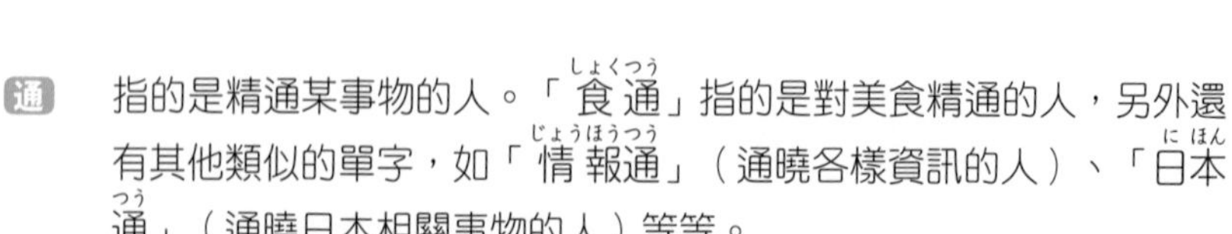

**通** 指的是精通某事物的人。「食通」指的是對美食精通的人，另外還有其他類似的單字，如「情報通」（通曉各樣資訊的人）、「日本通」（通曉日本相關事物的人）等等。

## 會話 2

038

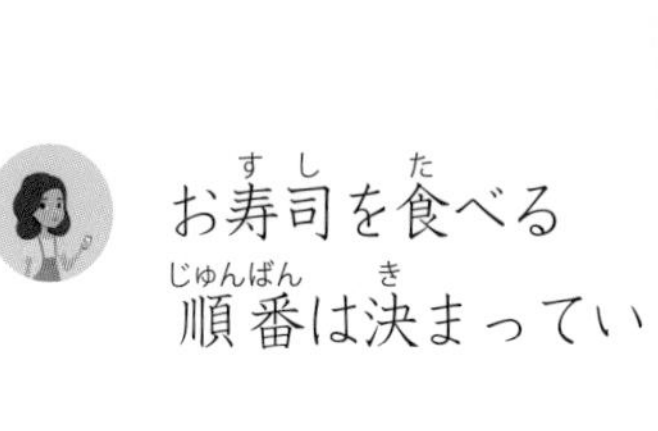

お寿司を食べる順番は決まっていますか。

一般的には味の淡泊なもの、次に濃いもの、巻き寿司の順番だと言われていますが……。

淡泊なもの<u>というのは</u>？

鯛などの白身魚です。

へえ。なるほど。

でも、好きなように食べるのが一番だと思いますよ。

**～というのは**　對對方所說的話提出反問的表達方式。後面省略了「何ですか」、「何がありますか」。

# 日本的壽司店

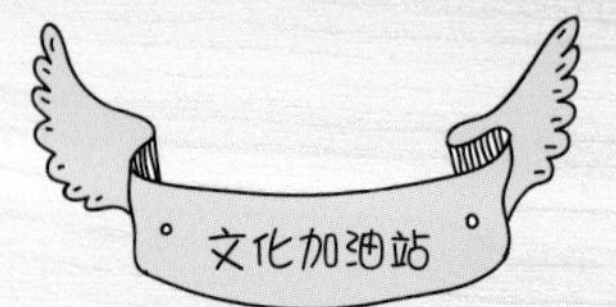


日本的壽司店有吧台的位子，可以在位子上直接跟壽司師傅點要吃的壽司，如果不知道要點什麼的話，可以說「**おまかせで**」，師傅就會專業地依序送上壽司給客人享用。另外，除了單點之外也可以點套餐，壽司店裡有「松」、「竹」、「梅」的上中下等級套餐——「松」是最高級，「梅」是最便宜。

如果希望用較少的預算輕鬆用餐的話，可以選擇迴轉壽司。近年來迴轉壽司品質提升，新鮮好吃又不貴！

到了壽司店，也許會聽到一些專業的用語，以下介紹幾個。下次到壽司店時，不妨留意聽聽看。

|  |  |
|---|---|
| あがり | 指的是**茶**。源自花柳界的用語，意即「最後的東西」。 |
| かっぱ（河童） | 指的是**小黃瓜**。說法來自小黃瓜的切口很像河童頭頂上禿髮的部分，也有另一種說法是指河童愛吃的食物。「**河童卷**」（かっぱ巻き）是指包著小黃瓜的海苔卷。 |
| がり | 指的是醃漬的**生薑片**。因為生薑片咬起來會發出「咔哩咔哩」（ガリガリ）的聲音。生薑片除有去掉口中魚腥味作用外，也有殺菌效果。 |
| ギョク（玉） | 指的是**煎蛋**。取自漢字「玉」的音讀。 |
| げそ | 指的是**烏賊鬚**。因為脫下來的鞋子稱為「下足（げそく）」之故。 |

|  |  |
|---|---|
|  しゃり（舍利） | 指的是**壽司飯**。源自佛舍利子（釋迦牟尼佛的骨灰）。 |
| タネ、ネタ | 指的是壽司的食材。 |
|  づけ | 指的是**用醬油醃漬的鮪魚**。源自「漬ける」這個字。是從前為了使魚能夠長期保鮮、而使用的醃漬技術。 |
|  鉄火巻き（てっかま） | 把紅肉魚——鮪魚卷在中間的卷壽司。因為從前賭場稱為鐵火場，為方便邊賭邊吃，而做的卷壽司。 |
| 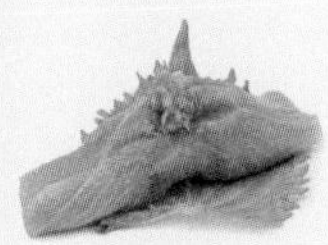 とろ | **鮪魚腹／黑鮪魚**。指鮪魚的腹部。因為該部位脂肪很多，而以「黏稠的」（とろっ）感覺形容。 |
|  なみだ（涙） | 指的是**芥末**。因為芥末效應太強的話就會流淚之故。 |
| 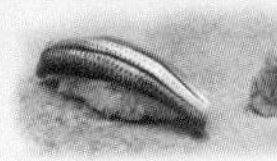 光もの（ひかり） | 壽司食材中的**亮皮魚**。<br>例如：小鰶（こはだ）、鰺（あじ）（即竹莢魚）、秋刀魚（さんま）、鰯（いわし）（即沙丁魚）等。 |
|  むらさき（紫） | 指的是**醬油**。因為醬油的顏色之故。 |

## 1) 「～にぴったりです」を使って、次の文を完成させましょう。

例 お寿司(すし)は、パーティ料理(りょうり)にぴったりです。

❶ この帽子(ぼうし)／ハロウインの仮装(かそう)

→ ……………………………………

❷ 彼(かれ)の作(つく)った曲(きょく)／結婚式(けっこんしき)

→ ……………………………………

❸ あの茶色(ちゃいろ)い棚(たな)／このスペース

→ ……………………………………

## 2) 音声を聞いて、（　　）の中を埋めましょう。 039

❶ 稲荷寿司(いなりずし)は、台湾(たいわん)の（　　　）でもよく売(う)っています。

❷ 皆(みな)さんもよく（　　　）ですよね。

❸ 日本(にほん)の家庭(かてい)では、お寿司(すし)の（　　　）を取(と)ることがあります。

## 3) 会話音声を聞いて、正しければ○、間違っていれば×を入れましょう。

040 ❶（　　　）　041 ❷（　　　）　042 ❸（　　　）

07

# 煎茶と抹茶はどこが違いますか。

## 煎茶與抹茶有什麼不同？

043 煎茶は摘んだ茶葉を強い蒸気で蒸して、熱を加えて水分を飛ばし、乾かしながら揉んで作った緑茶の一種です。抹茶は、揉まずに乾かしてできた碾茶というお茶を、臼でひいて粉状にしたものです。抹茶は今、和菓子だけではなく、チョコレートやアイスクリームに混ぜられたりして、大人気です。

日本でお茶の産地といえば、静岡県が一番有名でしょう。全国の生産高の半分以上を占め、静岡県の人はお茶をたくさん飲むと言われていますよ。

緑茶にはカテキン（ポリフェノール）やカロチン、ビタミンCなどの成分が含まれていて、体にいいという研究結果が出ています。確かに、静岡県の平均寿命は全国平均より高く、特にガンによる死亡率が低いそうです。皆さんも、健康のために煎茶や抹茶を飲んでみませんか。

次の説明のうち、正しいものを一つ選びなさい。

a 緑茶さえ飲んでいれば、絶対ガンになりません。

b 日本のお茶の産地として有名なのは静岡県です。

c 緑茶にはビタミンCが含まれていません。

d 抹茶はチョコレートに入れられていません。

## 會話 1

044

おみやげに緑茶(りょくちゃ)をたくさんいただいたので、よかったらどうぞ。

え、いいんですか。緑茶(りょくちゃ)は毎日(まいにち)飲(の)むので、助(たす)かります。

どういたしまして。<u>そういえば</u>、緑茶(りょくちゃ)ってどうやって保存(ほぞん)しますか。

開封(かいふう)する前(まえ)なら、冷蔵庫(れいぞうこ)で3か月(げつ)くらい保存(ほぞん)できますよ。

じゃ、開封(かいふう)した後(あと)は、どうすればいいですか。

酸化(さんか)するので、早(はや)めに飲(の)んだほうがいいと言(い)われています。

**そういえば**　突然想起來某事時使用。

## 會話 2

ああ、毎日暑(まいにちあつ)いですね。

ええ、本当(ほんとう)に。さあ、お茶(ちゃ)をどうぞ。

いただきます。<u>何(なん)という</u>お茶(ちゃ)ですか。

ほうじ茶(ちゃ)です。

香(こう)ばしくておいしいです。

日本(にほん)では夏(なつ)によく飲(の)みますよ。

**何という**　詢問名稱時的用法。如：

- これは何(なん)という花(はな)ですか。（這是什麼花？）

# 綠茶的種類

日本茶大部分屬於不發酵綠茶，但是雖説一言以蔽之都是綠茶，那麼「玉露、煎茶、抹茶…」有什麼差異呢？其沖泡及飲用品嚐方式有什麼不同嗎？下面簡單介紹幾種綠茶，及其最佳沏法。

## 1 煎茶　煎茶

新鮮茶葉直接以熱蒸處理加工製成，是最普遍也最受歡迎的茶，也可以説是代表日本的綠茶，約佔茶的流通量的七成。特色是新鮮芳香，味道清爽，容易入口。大約用 80 度的熱水沖泡，就能喝到好茶。

## 2 玉露　玉露

在摘茶的前兩個禮拜，便在茶樹上拉上遮陽簾網，遮陽 20 日後再採下茶葉，進行熱蒸製茶程序。因為沒有受到太陽直接照射，所以抑制了苦味而增加了甘味。其特徵是類似海苔的獨特香味，以及甘甜清淡的風味。因為是綠茶中最費工夫的，因此稱為高級茶。因為極為甘甜，用 60 度的熱水，以較長的時間沏泡，就可以泡出好喝的玉露。如果遮陽十日的話，則稱為「かぶせ茶」。

## 3 ほうじ茶　焙茶

將「煎茶、番茶、茎茶」炒至淺褐色，引出濃厚香氣的茶就是「ほうじ茶」。因為用大火烘焙過，所以澀味和苦味都比較少，茶色極佳。因為保留烘焙過的香味最為重要，所以只須用熱水迅速沏泡一下就會很好喝了。

## 4 抹茶　抹茶

鮮茶葉進行熱蒸後，不揉捻直接乾燥，將去除粗梗留下的葉片碾磨成粉便是抹茶，能攝取到豐富的維他命 C 和食物纖維。使用的鮮茶葉經過遮陽處理者，其製成的抹茶用於日本茶道；不使用遮陽處理鮮茶葉的抹茶則經常用來做各式點心、冰淇淋等。用 80 度的熱水沖入放了適量抹茶的茶碗中，準備茶道用的小圓竹刷（茶筅），快打起泡後就可以飲用。

**5** ばんちゃ
**番茶** 番茶

鮮葉源自與煎茶相同的茶樹，以其略硬的葉子做成，或是做煎茶的過程中挑出來的茶。因其採收的不是當年第一批的鮮葉，或是屬於品質較不好的茶葉，所以普遍認為番茶比煎茶的品質差，但價格也相對便宜，可以每天享用喝茶的樂趣。

**6** げんまいちゃ
**玄米茶** 玄米茶

在番茶或煎茶中加入炒過的糙米所製成的茶。清爽的茶香加上炒過的糙米的芳香，混合成獨特的風味。也可以混入抹茶，或是炒過的大豆等等。糙米可以選用糯米（粘性高）或是粳米（粘性低），兩者風味略有不同。玄米茶跟焙茶一樣，用熱水迅速沖泡，就可享受清淡的茶香。玄米茶也常被用來做「お茶漬け（ちゃづ）」。（茶泡飯）

一般而言，不發酵茶（煎茶等）和發酵茶（烏龍茶等）的製作過程大致如下，可以稍微了解兩者的不同：

**煎茶**：蒸 ➡ 冷卻 ➡ 邊揉搓出水份邊乾燥 ➡ 乾燥

**ウーロン茶**：日曬凋萎 ➡ 室內凋萎 ➡ 炒葉 ➡ 揉捻 ➡ 乾燥

另外補充**沏好茶的方法**（2 ～ 3 杯）：

❶ 在茶壺（急須（ちゅうす））裡放入約 10 克的茶葉。

❷ 將煮沸的熱水，一次約 100cc 分別倒入兩個茶杯中。如此一來熱水會降至 80 度左右（泡玉露茶時則須降至 60 度）。

❸ 再將茶杯（湯飲み（ゆの））裡的熱水倒入茶壺。蓋上茶蓋，約等 1 分鐘。

❹ 輪流地將茶徐徐倒入茶杯裡，如此兩杯茶的濃度才會均等。

❺ 沏好了！

## 1) 否定の「～ずに」を使って、文を完成させましょう。

例 抹茶(まっちゃ)は、揉(も)まずに乾(かわ)かして作(つく)ります。

❶ 朝食(ちょうしょく)を食(た)べません／学校(がっこう)に行(い)きます

→ ……………………………………

❷ 事前(じぜん)に連絡(れんらく)しません／友達(ともだち)に会(あ)いに行(い)きます

→ ……………………………………

❸ 理由(りゆう)をはっきり言(い)いません／誘(さそ)いを断(ことわ)りました

→ ……………………………………

## 2) 音声を聞いて、（　　）の中を埋めましょう。 046

❶ 煎茶(せんちゃ)は（　）茶(ちゃ)の一種(いっしゅ)です。

❷ お茶(ちゃ)の（　　　）といえば、静岡県(しずおかけん)が有名(ゆうめい)です。

❸ ビタミンCが含(ふく)まれていて、体(からだ)（　）いいです。

## 3) 会話音声を聞いて、正しければ〇、間違っていれば×を入れましょう。

047 ❶　　　）　048 ❷（　　　）　049 ❸（　　　）

08

# うどんやそばを食べる時、音を出してもいいですか。

## 在吃烏龍麵或蕎麥麵的時候，發出聲音也沒關係嗎？

050 はい、日本では音を出して食べても平気です。うどんやそばを食べる時、音を立ててすするのが一番おいしい食べ方だと言われていますが、絶対に出さないといけないというわけでもありません。自分の食べやすい食べ方で食べれば、それでいいと思います。

しかし、「郷に入れば郷に従え」ということわざもありますから、日本でうどんやそばを食べる機会があったら、ズルズルと音を立てて食べてみてはいかがですか。

日本で有名なうどんと言えば、四国の香川県の讃岐うどんでしょう。日本各地からわざわざ「うどんツアー」を組んで食べに行く人もいるくらいです。そばで有名なのは長野県の信州そばや岩手県のわんこそばなどです。わんこそばは、給仕の人が横でつきっきりで、小さなお椀にどんどんおかわりを足してくれる楽しい食べ方ができて、人気ですよ。

---

**次の説明のうち、正しいものを一つ選びなさい。**

a ズルズルと音を立ててうどんを食べるのは、日本ではマナー違反です。

b 日本でうどんが有名なのは長野県です。

c わんこそばは大きなお椀で食べます。

d 讃岐うどんはわざわざよその県から食べに行く人がいるくらい有名です。

## 會話 1

051

今日のお昼は、麺にしませんか。

いいですよ。どんな麺にしますか。

パスタ、うどん、そば、担々麺……。

私はうどんが食べたい気分ですが、ティンティンは？

いいですね。じゃあ、うどんにしましょうか。

ええ、そうしましょう。

**お昼**　「お昼」指的是「お昼ごはん」（午餐），但是早餐或是晚餐則沒有「お朝」或是「お夕」的說法。

## 會話 2

052

ゆりさん、日本（にほん）のおそばって、何（なに）からできているんですか。

そばの実（み）を挽（ひ）いたそば粉（こ）をこねて作（つく）るんですよ。

そばの実（み）？小麦粉（こむぎこ）からじゃないんですね。

小麦粉（こむぎこ）を混（ま）ぜる場合（ばあい）もありますが、そば粉（こ）100%がおいしいそうです。

へえ。そうなんですか。

趣味（しゅみ）で、そばやうどんを打（う）つ人（ひと）もいるんですよ。

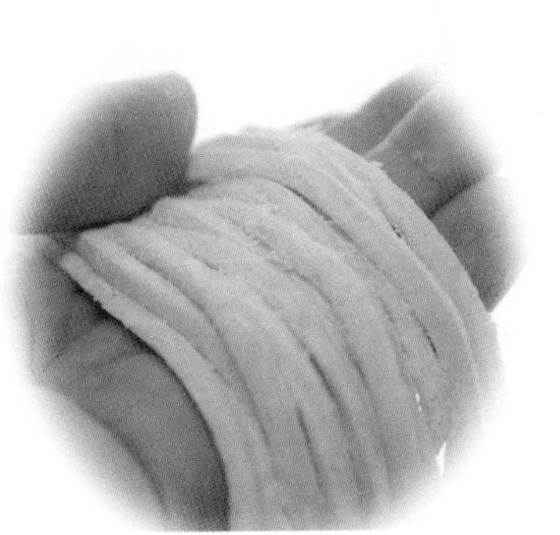

**～からできている** 是「由～做成的」的意思。

**へえ** 表達吃驚、感佩。不太正式的表現，避免在正式的場合過度使用。也可以說成「ふーん」、「ほう」。

**うどんを打つ** 是指「擀麵」。「手打（てう）ちうどん」（手擀烏龍麵），此外「麺（めん）を茹（ゆ）でる」是煮麵的意思。

# 烏龍麵和蕎麥麵的種類

在此列出幾種代表性的烏龍麵和蕎麥麵的種類，若在烏龍麵店或蕎麥麵店看到不懂的菜單，可以問問店員：「**すみません、これはどんなものですか。**」（對不起，這個是什麼？）另外因店而異，有些地方也會寫上漢字的「蕎麥」或「饂飩」，請注意「饂飩」是烏龍麵的意思，不要誤會成中文裡的「餛飩」哦！

手打ちうどん／そば　手擀麵條

かけうどん／そば
湯麵

月見うどん／そば
附有生蛋的麵

天ぷらうどん／そば
附上炸天婦羅麵

きつねうどん／そば
麵裡放炸油豆腐

たぬきうどん／そば
麵上撒上天婦羅油渣

冷やしうどん／そば
冷麵

ざるうどん／そば
涼麵放在竹籃上

釜揚げうどん／
熱的烏龍麵或
蕎麥麵沾醬油吃

煮込みうどん
用砂鍋等煮的烏龍麵

## 1) 「～という＋名詞」を使って、文を完成させましょう。

例 「郷(ごう)に入(い)れば郷(ごう)に従(したが)え」ということわざがあります。

❶ 田中(たなか)さん ＋ 人(ひと)／知(し)っていますか

→ ……………………………………

❷ 紅白歌合戦(こうはくうたがっせん) ＋ 番組(ばんぐみ)／見(み)るつもりです

→ ……………………………………

❸ 永楽食堂(えいらくしょくどう) ＋ 店(みせ)／来(き)てください

→ ……………………………………

## 2) 音声を聞いて、（　　）の中を埋めましょう。 053

❶ 日本(にほん)では、麺(めん)を音(おと)を出(だ)して食(た)べても（　　）です。

❷ （　　）の香川県(かがわけん)は、うどんで有名(ゆうめい)です。

❸ うどん（　　）を組(く)んで、食(た)べに行(い)く人(ひと)もいます。

## 3) 会話音声を聞いて、正しければ○、間違っていれば×を入れましょう。

054 ❶ （　　）

055 ❷ （　　）

056 ❸ （　　）

09

# 日本人はどんなお酒が好きですか。

## 日本人喜歡哪一種酒？

057 日本でよく飲まれるお酒はビール、日本酒、ワインの他に、ウイスキー、シャンペン、カクテルなどです。台湾とそれほど変わらないですね。日本で人気があり、台湾であまり馴染みのないお酒に、焼酎があります。焼酎とは日本固有の蒸留酒で、米焼酎・芋焼酎・麦焼酎などがあります。沖縄特産の「泡盛」というお酒も焼酎の一種で、粟や米を原料としていて、独特な風味があります。

日本では法律で、20 歳未満の飲酒は禁止されています。でも、20 歳を過ぎたら、社会人だけでなく大学生などもよくお酒を飲みます。サークルやクラスの仲間、職場の上司や先輩と居酒屋で飲んだり、デート中、恋人とおしゃれなバーでカクテルを飲んだり…日本人にとってお酒を飲むことは、大事な社交手段といえます。あなたも日本人と仲良くなるために、一緒にお酒を飲んでみてはどうでしょう。

次の説明のうち、正しいものを一つ選びなさい。

- a 日本では学生も、お酒を飲むことがあります。
- b 日本ではウイスキーやブランデーを全然飲みません。
- c 泡盛とは、沖縄特産のビールです。
- d 日本では 19 歳からお酒が飲めます。

## 會話 1

ゆりさん、ゆりさんはお酒(さけ)に強(つよ)いですか。

私(わたし)ですか。うーん、どうかしら、弱(よわ)くないと思(おも)います。

わあ、そうですか。じゃ、今週(こんしゅう)の金曜日(きんようび)、飲(の)みに行(い)きませんか。

いいですね。どこへ行(い)きますか。

居酒屋(いざかや)かバーかパブか、どこでもいいです。

じゃ、女性二人(じょせいふたり)でおしゃれなパブにしませんか。

**酒に強い**　酒量好的意思。「お酒(さけ)に弱(よわ)い」則是「酒量不好」的意思。如果自己完全不會喝酒的話，可以說「お酒(さけ)は全(まった)く飲(の)めないんです」、「下戸(げこ)なんです」。

**どうかしら**　這裡的「～かしら」表示自問自答。「どうかしら」就是自言自語地說「怎麼樣呢？」的意思。

## 會話 2

059

ゆりさん、辛（つら）そうですが、どうしましたか。

昨日（きのう）、ちょっと飲（の）み過（す）ぎてしまって……二日酔（ふつかよ）いみたいです。

大丈夫（だいじょうぶ）ですか。薬（くすり）を用意（ようい）しましょうか。

ありがとう。大丈夫（だいじょうぶ）です。そのうちよくなると思（おも）いますから。

じゃあ、コーヒーを入（い）れてあげますよ。

ああ、それがいいな。
ありがとう。

Vて形＋あげる　為他人作做某事的意思。

- 暑（あつ）いですから、冷（つめ）たいお茶（ちゃ）を入（い）れてあげます。

（天氣熱，我來幫你泡杯冰茶。）

# 與日本人共飲

台日兩地的飲酒習慣並無特別不同，但是在日本酒席中會替對方斟酒，不會讓對方自己倒酒喝，還有日本的乾杯並不需像台灣那樣喝光一整杯，很多人是邊喝酒邊吃小菜，酒喝完後再吃飯。

如果是和熟識的朋友喝酒，當然可以不拘小節大家一起開懷暢飲的，喝得快樂就好。

日本人喝的酒像是「ビール」（啤酒）、カクテル（雞尾酒）等等，大家都很熟悉，但是「ハイボール」、「チューハイ」等等，可能大家就有點陌生了。下面簡單介紹幾個相關用語。

**ハイボール**　威士忌＋蘇打水

**チューハイ・サワー**　燒酎（或蒸餾酒類）＋蘇打水 ＋水果調味

以燒酎（或蒸餾酒類）為基礎酒，再混調入蘇打、果汁、碳酸類飲料、茶等，調出酸甜不同的風味酒，關西習慣稱為「チューハイ」，但是在關東則稱為「サワー」。有人説「サワー」給人一種更為酸甜的感覺，所以水果風味的居多。

**~ハイ**　レモンハイ（檸檬口味）、
ウーロンハイ（烏龍茶口味）、
緑茶（りょくちゃ）ハイ（綠茶口味）

**~サワー**　梅（うめ）サワー（梅子口味）、
レモンサワー（檸檬口味）、
カルピスサワー（可爾必思口味）

另外，可以喝酒的地方也提供「ノンアルコール」（無酒精飲料），稱為「ソフトドリンク」，像是「ジンジャーエール」（薑汁汽水）、「コーラ」（可樂）「カルピス」（可爾必思）等等。

還有依稀釋方式的不同，有「水割り」（加水稀釋）、「お湯割り」（加熱水稀釋）、「ロック」（加冰塊稀釋）等喝法。

如果喝的是日本酒，則會看到「純米酒」、「本醸造酒」、「吟醸酒」等等名稱，這些酒就是所謂的「清酒」（日本清酒）。依釀酒原料的米的「精米程度」不同，而有不同名稱。所謂「精米程度」是指把米磨掉外層後，留下多少比例「米心」的意思。米心比例越少，酒的等級就越高。「吟醸酒」約是 50% ～ 60%；「本醸造酒」約是 60% ～ 70%；「大吟醸」約是 50% 以下。

而「焼酎」（燒酒）製造過程與清酒的釀造法不同，並不屬於清酒的一種。「焼酎」的原料是番薯、麥子、米等等。

## 1) 「それほど～ない」の文型を使って、文を完成させましょう。

例 台湾とそれほど変わらないです。

❶ このお酒は（強くない）です

→ ……………………………………

❷ 私のチームは（弱くない）です

→ ……………………………………

❸ 日本の物価は（高くない）です

→ ……………………………………

## 2) 音声を聞いて、（　　）の中を埋めましょう。 060

❶ 泡盛は、沖縄（　　）のお酒です。

❷ 法律で、（　　）未満の飲酒は禁止されています。

❸ デート中、おしゃれなバーで（　　）を飲みました。

## 3) 会話音声を聞いて、正しければ○、間違っていれば×を入れましょう。

061 ❶（　　）　062 ❷（　　）　063 ❸（　　）

# 10

# 日本人はみんな着物を持っていますか。

## 毎個日本人都有和服嗎？

064 昔に比べると、最近は日本の街を歩いていても、着物を着ている人をあまり見かけません。洋服を着ている人がほとんどです。職種によっては着物を着る人もいますが、普通、着物は結婚式、成人式、大学や短大の卒業式、お正月などの特別な行事の時にだけ着るものになりつつあります。

レンタルなどのサービスを利用したり、友人や親戚に借りて着ることもあるので、実際に着物を所有している人は少ないかもしれません。その原因に、値段が高い、手入れが大変、着付けが難しい――などがあると思います。

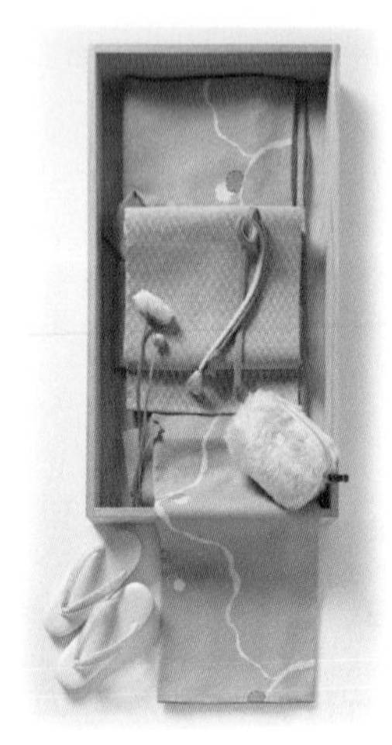

さて、着物を１枚買おうと思ったら、いくらぐらいかかるのでしょうか。素材などによってピンからキリまでありますが、高いものだと何千万円もします。着物の他に、帯や下着、草履など、何点もの小物も必要です。

もしみなさんが日本に旅行に行った際に、お土産に着物を買いたいと思ったら、夏や入浴後に着る浴衣をお勧めします。値段もお手頃だし、着付けも比較的簡単です。最近はインターネットの動画サービスなどで、わかりやすく浴衣の着方や帯の結び方を説明した映像を見ることもできますよ。

また、本格的な着物を着て、街を歩いたり写真を撮ったりすることができるサービスも、観光地などへ行けばあります。京都へ行けば、舞妓さんに変身することもできるようですね。

着物を着たり買ったりしなくても、呉服屋さんをのぞいて、和服の生地で作った風呂敷やバッグ、アクセサリーなど、日本情緒が感じられる小物を買うのもまた楽しいものです。

次の説明のうち、正しいものを一つ選びなさい。

a 日本人なら全員着物を持っています。
b 浴衣とは入浴後や夏に着る、簡単な着物のことです。
c 着物は値段も安く、誰でも簡単に着ることができます。
d 着物は値段が高いので、レンタルのサービスがありません。

## 會話1

ゆりさんは、着物(きもの)を持(も)っていますか。

ええ、一枚(いちまい)だけ持(も)っていますよ。

うわあ、いいですね。どんな時(とき)に着(き)ますか。

お友達(ともだち)や親戚(しんせき)の結婚式(けっこんしき)に出席(しゅっせき)する時(とき)だけです。

お正月(しょうがつ)に着(き)ませんか。

着付(きつ)けが面倒(めんどう)だし、帯(おび)を締(し)めるとたくさんごちそうが食(た)べられないので、着(き)ませんよ。

**一枚だけ** 「**枚**(まい)」是和服、襯衫等等衣物的數量詞。
「**だけ**」表示「僅有～」的意思。

**面倒だし** 「**～し…**」表示原因、理由的列舉。
名詞、な形容詞以「N/Na ＋だ＋し」方式接續。

## 會話 2

066

そのハンカチ、素敵(すてき)ですね。

これですか。これ、手(て)ぬぐいなんですよ。

手(て)ぬぐい？

日本(にほん)の伝統的(でんとうてき)なハンカチのことです。

ああ、なるほど。それで柄(がら)も日本的(にほんてき)なんですね。

ハンカチよりも大(おお)きくて、夏(なつ)には重宝(ちょうほう)しています。

**重宝します**　方便好用、愛用的意思。

# 和服

提起和服，是否就讓人想到它華麗的長袖？但這種華麗長袖和服只有未婚女性才穿。已婚女性穿的和服是短袖的（普通長度）。短袖的和服和長袖的相比，花樣較調和，感覺比較雅緻。

留袖（とめそで）（短袖和服）

振袖（ふりそで）（長袖和服）

和服分為一般和服和簡式和服，依時機場合穿著。

此外，和服腰帶的綁法、配件等有很多規則，初次購買時，可以跟店員清楚表明，是誰要穿、在哪種場合穿、預算多少等等，請店員提供意見。

還有須注意**和服衣襟的調整**，衣領若是右搭左，是死者的穿法。要將衣領正確地由左搭右穿著。這跟溫泉旅館的浴衣穿法相同，因此旅行時也請留意。

## 1) 「〜によって」を使って、文を完成させましょう。

例 職種(しょくしゅ)によっては、着物(きもの)を着(き)る人(ひと)もいます。

❶ 人(ひと)／考(かんが)え方(かた)はそれぞれです

→ ……………………………………

❷ 性別(せいべつ)／組(くみ)を分(わ)けられました

→ ……………………………………

❸ 機種(きしゅ)／値段(ねだん)が全然違(ぜんぜんちが)います

→ ……………………………………

## 2) 音声を聞いて、（　　）の中を埋めましょう。 067

❶ 着物(きもの)は結婚式(けっこんしき)、成人式(せいじんしき)、大学(だいがく)や短大(たんだい)の（　　）に着(き)ます。

❷ 着物(きもの)は、（　　）が大変(たいへん)です。

❸ 素材(そざい)によって値段(ねだん)は（　）から（　）まであります。

## 3) 会話音声を聞いて、正しければ○、間違っていれば×を入れましょう。

068 ❶（　　　）　069 ❷（　　　）　070 ❸（　　　）

11

# 日本人の正装の色は黒ですか。

## 日本人的正式服裝是黑色的嗎？

071 ええ、そうです。結婚式やお葬式、他にも正式な席では黒の服が最もフォーマルです。黒の着物（男性なら紋付き羽織袴、女性なら黒留袖）やスーツは「慶弔」で両用できます。黒は高貴、中立などの意識を表していると言われていて、第一の礼装なのです。

フォーマルウエアじゃなくて、普段着でも黒の服を着るのが好きな日本人は多いです。好きな理由は「気持ちが落ち着くか

ら」だそうです。あなたなら、何色の服を着れば、気持ちが落ち着きますか。ちなみに、日本人が嫌いな色はゴールド、ピンク、紫などです。3色ともコーディネートが難しそうな、個性が強い色ですよね。行く場所や参加する集まりの性質を見極めて、TPOに合った色の服を着たいものですね。

**TPO（ティーピーオー）**　取「Time（時間）、Place（場所）、Occasion（場合）」的頭一字母。

次の説明のうち、正しいものを一つ選びなさい。

a 日本人の正装の色は、白が多いです。
b ゴールドはコーディネートしやすい色です。
c 黒はフォーマルな場面で着ることができる色です。
d ＴＰＯに合わせなくても、自分の好きな色の服を着るべきです。

## 會話 1

うわあ、いろんな傘が売っていますね。

色違いで、お揃いの傘を買いませんか。

いいですね、ぜひそうしましょう。

ティンティンは何色がいいですか。
私は赤色にしようかな……。

赤ですか、情熱的な色ですね。私はシックなベージュにします。

2本買うからまけてもらえるといいですね。

**～といい**　表示勸說、願望等等。

- ここをまっすぐ行くといいですよ。（從這裡直走就可以。）
- もっと広い家だといいなあ。（家再大一點就好了！）

## 會話 2

073

ちょっと聞(き)いてください。昨日(きのう)、大失敗(だいしっぱい)しちゃいました！

どうしたんですか。

先輩(せんぱい)の結婚式(けっこんしき)に出席(しゅっせき)したんですが、私一人(わたしひとり)だけ真(ま)っ赤(か)なドレスを着(き)て、浮(う)いてしまいました。

みんなはどんな色(いろ)の服(ふく)を着(き)ていたんですか。

男(おとこ)の人(ひと)は黒(くろ)のスーツが多(おお)くて、女(おんな)の人(ひと)は白(しろ)とかベージュとか。

おめでたい席(せき)だから赤(あか)でも平気(へいき)ですよ。気(き)にしないで。

**～ちゃう**　「～てしまう」的口語表現。表示動作完了，以及感慨的心情（遺憾、後悔等等感情）

- 夏休(なつやす)みの宿題(しゅくだい)、もうしちゃいました。（暑假作業已經做完了。）

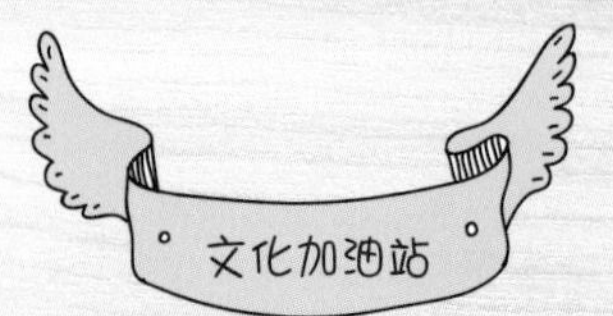


# 日本傳統婚禮禮服

日本人的傳統婚禮「神前式（しんぜんしき）」中，新郎穿的「五つ紋付羽織袴（いつもんつきはおりはかま）」的和服以黑色最標準，但也有人穿灰色或白色，腳上穿的「足袋（たび）」及「草履（ぞうり）」則是白色的。

新娘如果選擇以白色為主軸的「白無垢（しろむく）」，和服及配件都是白色的；若是選擇華麗的「色打ち掛け（いろうちかけ）」的話，則是紅色為主軸。頭部裝束有分「綿帽子（わたぼうし）」及「角隠し（つのかくし）」兩種。

白無垢（しろむく）

色打ち掛け（いろうちかけ）

綿帽子（わたぼうし）

角隠し（つのかくし）

## 1) 伝聞を表す「そうです」を使って、文を完成させましょう。

例 好(す)きな理由(りゆう)は「気持(きも)ちが落(お)ち着(つ)くから」だそうです。

❶ 先生(せんせい)は明日(あした)休(やす)みます

→ ……………………

❷ 台風(たいふう)で休校(きゅうこう)です

→ ……………………

❸ 山田(やまだ)さんは来(き)ません

→ ……………………

## 2) 音声を聞いて、（　　）の中を埋めましょう。 074

❶ 黒色(くろいろ)の服(ふく)は、結婚式(けっこんしき)や（　　　）で着(き)ます。

❷ フォーマルウエアじゃなくて、（　　）でも黒(くろ)の服(ふく)を着(き)るのが好(す)きです。

❸ TPO（　）合(あ)った色(いろ)の服(ふく)を着(き)ましょう。

## 3) 会話音声を聞いて、正しければ○、間違っていれば×を入れましょう。

075 ❶（　　）　076 ❷（　　）　077 ❸（　　）

# 12 日本の女性はお化粧しないと外出できないって本当ですか。

## 聽說日本女生不化妝就沒辦法出門，是真的嗎？

078 日本人女性全員がお化粧しないと外出しないわけではありませんが、そういう風潮はよその国より強いかもしれません。日本社会、特にビジネスの世界で、女性がお化粧をすることはマナーの一つ、身だしなみの一つと考えられています。化粧をしないで外出するのは、まるでパジャマを着たまま外出するのと同じくらい恥ずかしい、とまで言う女性もいますし、最低でもファンデーションと口紅だけはしようという人も多いです。

日本では高校卒業の際に、化粧品メーカーがサンプルを配って女子生徒に化粧のしかたを教えてくれることがあります（地域や学校によって違います）。日本人女性にとって、化粧をすることは、大人になるための第一歩なのかもしれませんね。

次の説明のうち、正しいものを一つ選びなさい。

a 日本では、女性はどんな場合でも、お化粧しないといけません。

b ビジネスの世界でも、お化粧したくなければしなくてもいいです。

c 日本人女性は、お化粧しないと絶対外出できません。

d 化粧はマナーの一つだと考える人が、日本には多いです。

## 會話 1

079

あ、ちょっと化粧品(けしょうひん)売(う)り場(ば)をウロウロしてもいいですか。

いいですよ。私(わたし)もちょうど口紅(くちべに)を<u>切(き)らして</u>いましたから、見(み)たいです。

ゆりさんは、いつもきちんとお化粧(けしょう)していますね。

とんでもない。寝坊(ねぼう)して、化粧(けしょう)せずに電車(でんしゃ)に乗(の)る<u>こともあります</u>よ。

私(わたし)なんて毎日(まいにち)そうです。日本人女性(にほんじんじょせい)は大変(たいへん)ですね。

あ、この口紅(くちべに)、新色(しんしょく)だそうです。これを買(か)います。

**切らす**　物品、金錢用完了的意思。

- 灯油(とうゆ)を切(き)らしてしまって、ストーブをつけられない。

（煤油用完了，沒辦法點暖爐。）

**V-ることがある**　「偶爾會有～」的意思。

**會話 2**

080

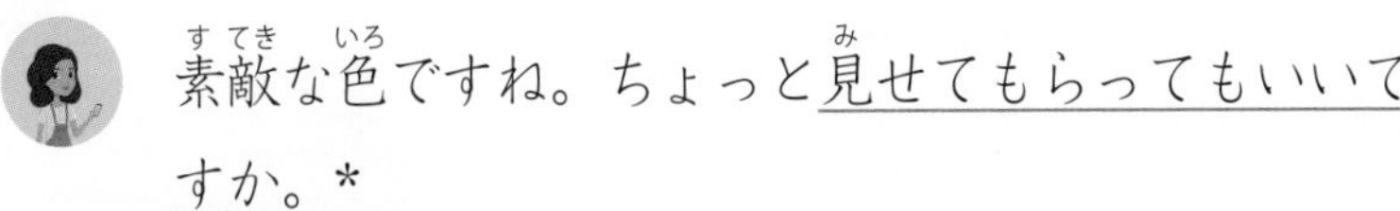

素敵な色ですね。ちょっと見せてもらってもいいですか。*

どうぞ。塗ってみてもいいですよ。

本当ですか。じゃあ、ちょっとだけ……。

よく似合いますよ。ティンティンはピンク色が似合いますね。

そんなに褒めないでください。照れますから。

もっとお化粧すればいいのに。すごい美人さんですよ、ティンティンは。*

＊ 與「見せてください」的意思相同，但是含有確認對方的意願的意思，所以比「見せてください」更為客氣。

＊ 倒裝表現方式，常在口語會話中出現。

# 在車廂內化妝

近年來出現了在通勤電車或公車上化妝的身影，針對這種行為，大家各有不同的意見。

有人認為電車或公車屬於「公共空間」，所以主張在裡頭化妝違反了禮節，因而呼籲大家不要在車內化妝。相反地，也有人指出要在哪裡化妝屬於個人自由，誰也沒有權利禁止。

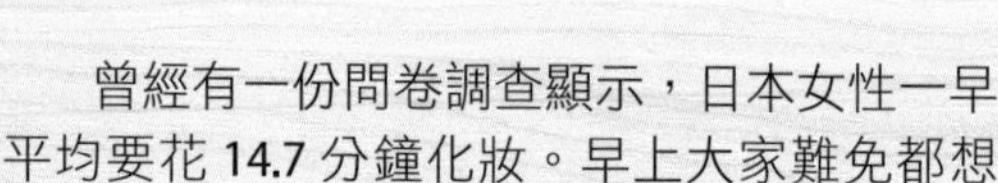

曾經有一份問卷調查顯示，日本女性一早平均要花 14.7 分鐘化妝。早上大家難免都想多睡一點，但卻得花上約 15 分鐘化妝，所以才會迫不得已在電車或公車上化妝的。

只是在搖搖晃晃的電車內拿著化妝品化妝，肯定得要有高超的技術，只能說日本女性真是辛苦啊。

另外，乘坐日本電車時要儘量避免下列行為：

- 「駆(か)け込(こ)み乗車(じょうしゃ)」（強行上車）
- 「ヘッドホンからの音漏(おとも)れ」（大音量由耳機傳出）
- 「騒々(そうぞう)しい会話(かいわ)」（在電車內講話太大聲）
- 「間(あいだ)を広(ひろ)く取(と)る」（佔取太大空間）
- 「扉(とびら)付近(ふきん)から動(うご)かない」（佔住出入口）

## 1) 部分否定の「わけではない」を用いて、文を完成させましょう。

例 日本人女性全員(にほんじんじょせいぜんいん)がお化粧(けしょう)しないと外出(がいしゅつ)しない<u>わけではありません</u>。

❶ 日本全体(にほんぜんたい)、不景気(ふけいき)だ

→ ……………………………………

❷ 毎日(まいにち)、残業(ざんぎょう)する

→ ……………………………………

❸ いつも、忙(いそが)しい

→ ……………………………………

## 2) 音声を聞いて、（　　）の中を埋めてみましょう。

081

❶ 日本社会(にほんしゃかい)、（　　）ビジネスの世界(せかい)で考(かんが)えられています。

❷ お化粧(けしょう)することは、マナーの（　　）です。

❸ 化粧品(けしょうひん)（　　）がサンプルを配(くば)ります。

## 3) 会話音声を聞いて、正しければ○、間違っていれば×を入れましょう。

082　083　084

❶（　　）　❷（　　）　❸（　　）

# 13

# なぜ日本には「衣替え」の風習があるんですか。

## 為什麼日本會有「衣物換季」的習慣呢？

085 四季がはっきり分かれているという日本の気候にも理由がありますし、オールシーズンの服を全て出しておけるほど広い収納スペースがないという家屋のサイズの問題もあると思います。着ない服は片付けておくと、スペースを節約できますから。狭い家に住む日本人の知恵ともいえますね。

一般的に衣替えは年に2回行ないます。6月1日から9月30日の間は夏服を着て、10月1日から5月31日の間は冬服を着ます。夏服の期間は、冬服を箪笥の奥や、箱の中に入れて押し入れなどに収納します。片付ける服はきれいに洗い、虫がつかないよう防虫剤を入れたりします。

衣替えの習慣は、平安時代からあり、中国の影響で宮中行事から広まったそうです。

江戸時代には一年に4回も衣替えをしたそうです。冷暖房がない時代、体温調節の意味もあったからです。

次の説明のうち、正しいものを一つ選びなさい。

a 日本人は気候に合わせて、年に2回衣替えをします。

b 衣替えの習慣は、ここ最近生まれました。

c 日本の家屋は、たくさんの収納スペースがあって、広いです。

d 平安時代の衣替えの風習は、日本人が自分で思いついたものです。

## 會話 1

そろそろ衣替え(ころもがえ)の季節(きせつ)ですね。

ええ、だんだん寒(さむ)くなってきたので、夏服(なつふく)をしまって冬服(ふゆふく)を出(だ)します。

台湾(たいわん)はまだ日本(にほん)よりずっと暑(あつ)いですよ。まだ夏服(なつふく)で大丈夫(だいじょうぶ)です。

いいですね。私(わたし)は寒(さむ)いのが苦手(にがて)なので、台湾(たいわん)の人(ひと)が羨(うらや)ましいです。

私(わたし)はどんなに寒(さむ)くても平気(へいき)です。

これから<u>どんどん</u>ティンティンの好(す)きな気候(きこう)になっていきますね。

**どんどん**　事物順利進行、接連不斷的樣子。

- どんどん大(おお)きなビルが建(た)って、辺(あた)りの様子(ようす)はすっかり変(か)わった。

（相繼蓋了大型的大廈，周邊的樣子整個都改變了。）

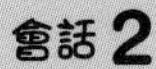

## 會話 2

ああ、もっと寒（さむ）くなる前（まえ）に、冬（ふゆ）ぶとんを出（だ）しておかないと。

押入（おしい）れの奥（おく）から出（だ）すの、大変（たいへん）ですよね。

ええ。クリーニングに出（だ）した夏服（なつふく）も、しまわないといけません。

うちは押入（おしい）れや収納（しゅうのう）スペースが少（すく）ないので、困（こま）っています。

私（わたし）は去年（きょねん）、扇風機（せんぷうき）を部屋（へや）に出（だ）したまま、冬（ふゆ）を過（す）ごしました。

あはは。ちゃんとしまわなきゃダメじゃないですか。

**～ないと**　後面省略了「いけない」的表現方法。

- 私（わたし）ももう行（い）かないと…。（我得走了。）
- お客（きゃく）さんが来（く）る前（まえ）にここを片付（かたづ）けておかないと…。（客人來之前得把這裡整理一下才好。）

# 日本高中生很喜歡自己的制服嗎 !?

造訪日本的外國旅客，常會發出「日本高中生好像很喜歡穿著制服在街上走呢」之類的感嘆。若是上學日，理所當然會穿学生服（學生制服），可是實際在街頭觀察，就會發現即使是假日，也可以看到穿著制服在街頭四處遊走的年輕人。

可能是因為他們覺得自家學校的制服很可愛，或者是很帥氣，所以才會想要讓大家看看吧？！或是就讀的是競爭激烈的名校，那麼穿著該校制服就能顯示出地位的感覺。

以前日本的高中制服是「セーラー服」（水手服），現在則是以「ブレザー」（西裝外套）為主流。與制服相關的單字如下：

リボン（緞帶）

ブレザー（西裝外套）

ベルト（腰帶）

ボタン（鈕扣）

チェック柄（格紋）

学生服（學生制服）

靴下（襪子）

革靴（皮鞋）

学ラン（男）　セーラー服（女）

## 練習問題

### 1) （　　）の中のどちらの副詞がいいか、選びましょう。

❶ 弟（おとうと）は（どんどん、ばんばん）大（おお）きくなって、もうすぐ着（き）られる服（ふく）がなくなりそうだ。

❷ 遠慮（えんりょ）しないで、（どんどん、ますます）食（た）べてください。

❸ 注射（ちゅうしゃ）のおかげで、ゆっくりですが体調（たいちょう）が（どんどん、だんだん）回復（かいふく）してきました。

### 2) 音声を聞いて、（　　）の中を埋めてみましょう。 088

❶ （　　）の節約（せつやく）のために、着（き）ない服（ふく）は片付（かたづ）けます。

❷ （　　）に衣替（ころもが）えは年（ねん）に2回行（かいおこな）います。

❸ 夏服（なつふく）は、冬（ふゆ）の間（あいだ）、箱（はこ）に入（い）れて（　　）などに収納（しゅうのう）します。

### 3) 会話音声を聞いて、正しければ○、間違っていれば×を入れましょう。

089 ❶（　　）　090 ❷（　　）　091 ❸（　　）

14

# なぜ日本人は温泉が好きなんですか。

為什麼日本人喜歡溫泉？

092 日本の冬は寒いので、温かい温泉のお湯に浸かって冷えた体を温めたいと考える人が多いです。だから日本人は、温泉だけでなく街の中にある銭湯や家の中のお風呂に入るのも大好きです。もちろん個人差がありますが、シャワーだけでは物足りない、湯船に浸かってリラックスしたいと考える人が多いです。

温泉やお風呂に浸かると、血行を促進し、新陳代謝を活発にし、体内の老廃物を排出できます。血液の循環がよくなることでクマの解消、美肌効果もあるそうです。

また、日本には温泉地が3000以上、温泉の源泉は2万以上あります。各温泉地で、その効能はさまざま、お湯の成分もいろいろあります。「湯治」といって、長期間その温泉地に滞在して、温泉に毎日入ることで病気やケガを治す治療法も古くからあります。

また、温泉や銭湯は日本人にとって、心のふるさと、ともいえるかもしれません。日本語に「裸の付き合い」という言葉がありますが、これは裸になって同じお湯に浸かることで、より親しくなれるという意味です。

ただ、温泉や銭湯に入る際には、マナーにも気を付けなければなりません。湯船に入る前に、体を洗っておくこと。お湯を体にかける時、隣の人にかからないよう気を付けること。タオルなどを湯船の中に浸けないことなどです。少し面倒に感じるかもしれませんが、慣れてしまえば、何でもありません。

温泉や銭湯で、日本人と「裸の付き合い」をしてみると、日本に対して何か新しい発見があるかもしれませんよ。

次の説明のうち、正しいものを一つ選びなさい。

a 温泉やお風呂に入ることは健康や美容にいいです。

b 日本人は忙しいので、みんな毎日シャワーしか使いません。

c 日本には源泉が3000以上あります。

d 温泉や銭湯では、マナーがなく好きなように入ることができます。

## 會話 1



093

温泉旅行へ行ったことがありますか。

ええ、ありますよ。

楽しかったですか。

ええ。温泉に入ったり、地元のおいしい料理を食べたりして楽しかったです。

へえ。楽しそうですね。一度行ってみたいです。

ええ、ぜひ行ってみてください。きっと気に入りますよ。

**気に入ります**　中意、喜歡的意思。相反則是「気に入らない」「気に食わない」等等說法，這屬於強烈的口氣，使用上要小心注意。

## 會話 2

094

ゆりさんは、毎日(まいにち)お風呂(ふろ)に入(はい)りますか。

たまに湯船(ゆぶね)に浸(つ)かりますけど、シャワーで<u>済(す)ます</u>ことも多(おお)いです。

日本人(にほんじん)は毎日(まいにち)お風呂(ふろ)に入(はい)ると思(おも)っていました。

一人暮(ひとりぐ)らしなので、水(みず)がもったいないから。

あ、そうなんですか。

すごく疲(つか)れた時(とき)や寒(さむ)い日(ひ)だけお湯(ゆ)をためて湯船(ゆぶね)に浸(つ)かります。

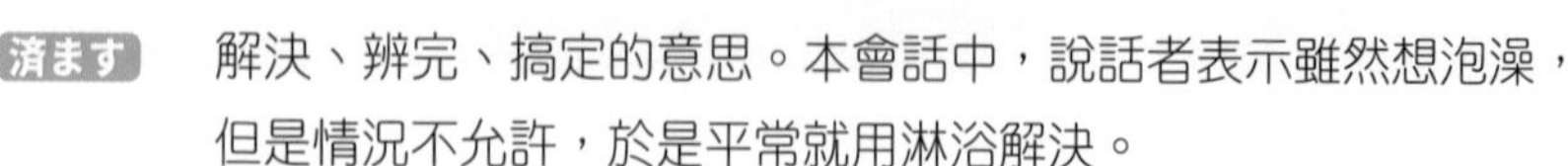

**済ます** 解決、辦完、搞定的意思。本會話中，說話者表示雖然想泡澡，但是情況不允許，於是平常就用淋浴解決。

- お礼(れい)の手紙(てがみ)を書(か)かずにメールで済(す)ませました。
  （不寫謝函，用 E-mail 解決。）

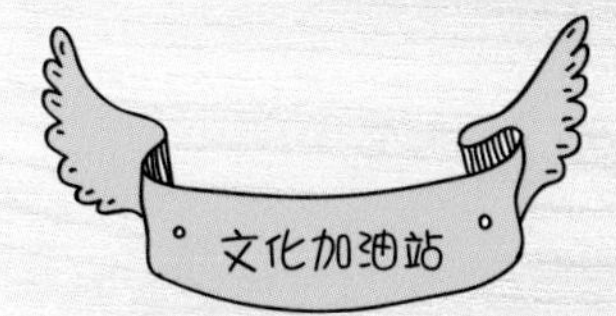


# 日本泡澡文化

想體驗日本泡澡文化的人，我會推薦去泡溫泉。有很多日式溫泉旅館，菜餚也是傳統的日本料理。在榻榻米上悠閒地喝著茶，欣賞美麗的風景，泡著戶外溫泉，吃著日本料理，這種溫泉旅行最能讓人身心舒暢。

如果沒有時間去泡溫泉，而想輕鬆快樂體驗日本的泡澡文化，則建議去「銭湯」（澡堂）或「健康ランド」（健康天地）泡澡。

這些地方也有販賣迷你泡澡組合（香皂、洗髮精、潤絲精、毛巾等），就算只帶著換洗衣物也沒問題。雖然並無溫泉旅館的氣氛，但悠閒地泡個澡，泡完澡後喝上一杯冷飲真是一大享受。

大眾浴池泡澡的禮儀跟泡溫泉禮儀大致相同。只要注意禮儀，就可以舒服地享受泡澡樂。

**泡溫泉時的禮儀**

1 泡溫泉之前務必先沖洗身體，將身體洗淨後才可入浴池。

2 請勿把毛巾繫在腰間或穿泳衣入浴池。

3 在溫泉池中請勿拿著毛巾擦洗身體。

**健康ランド** 在「健康ランド」中，浴池比大眾澡堂寬敞，並設有按摩中心、休息室、遊樂場、餐廳等。

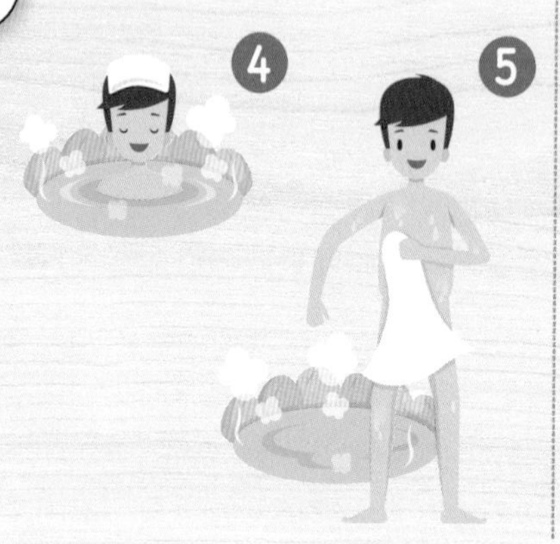

4 溫泉池狹窄或擁擠時，請將伸出去的兩腿靠攏，挪出空間讓更多的人進來泡溫泉。

5 在淋浴間淋浴時，勿將熱水濺到旁邊的人。

6 空出淋浴間時，請用熱水將鏡前的架子或椅子沖洗一下，讓下一位使用者可以舒服使用。

7 要去更衣室時，請先在浴室擦乾濕漉的身體。否則的話，更衣室或是踏墊就會變得濕答答的。

**如有有孩童同行的話，要注意：**

1 勿讓小孩在浴室跑來跑去到處搗亂，這不僅造成別人困擾同時也很危險！

2 勿讓小孩在溫泉池裡如在游泳池般恣意游泳。

3 小孩也應先把身體洗乾淨後再進入浴池。

4 在泡澡之前先上廁所，請勿讓小孩子在淋浴間裡、溫泉池裡如廁。

## 1)「～と」を用いて、文を完成させましょう。

例 温泉に浸かると、老廃物が排出できます。

❶「裸の付き合い」をします／すぐ友達になれます

→ ……………………………………………

❷ ここにお金を入れます／切符が出て来ます

→ ……………………………………………

❸ 案内所へ行きます／詳しく教えてもらえます

→ ……………………………………………

## 2) 音声を聞いて、（　　）の中を埋めましょう。 095

❶ 日本には温泉地が（　　　）以上あります。

❷（　　）などを湯船に浸けてはいけません。

❸ 温泉も（　　）も、日本の文化の一つです。

## 3) 会話音声を聞いて、正しければ○、間違っていれば×を入れましょう。

096 ❶（　　　）　097 ❷（　　　）　098 ❸（　　　）

15

# 日本人はみんな畳に正座するんですか。

## 日本人都是在榻榻米上「正坐」嗎？

099 昔はそうでしたが、家屋の洋風化にともない、畳を敷いた和室の数も減り、椅子やソファに座る生活スタイルが普及しました。正座が苦手だという日本人も増えています。正座は腰を折り曲げ、膝下から足の甲を床につけ、尻を足の裏の上に載せる座り方です。長時間、正座をしていると、だんだん足がしびれてきて、立つ時うまく立てないことがあります。また、足の形が悪くなるので子供に正座をさせないという人もいます。

ところが、剣道や柔道などの日本武道、それに歌舞伎や能、茶道や華道など、日本の伝統文化の世界では、正座は大切な作法の一つです。正座で同じ姿勢を維持することで、腹筋や背筋、それに精神統一の訓練になるともいわれています。それに、正座に慣れた人だと、足もあまりしびれないそうですよ。

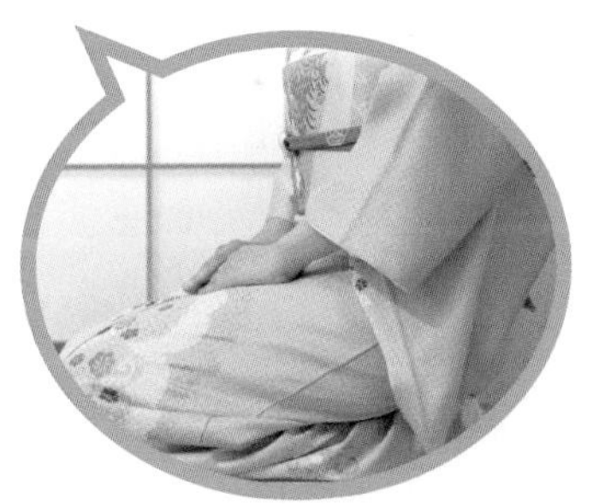

次の説明のうち、正しいものを一つ選びなさい。

a 日本では今も畳の上で正座する生活スタイルの人が多いです。

b 正座には利点ばかりで、欠点がないと言われています。

c 日本武道では、正座をすることがよくあります。

d 日本では、まだ洋風化した生活スタイルは普及していません。

## 會話1

100

あ、いたたた……。もう限界(げんかい)です。足(あし)がビリビリしびれています。

ああ、どうぞ足(あし)をくずしてください。

すみません、お行儀(ぎょうぎ)が悪(わる)いですね。

いいえ、そんなことないですよ。正座(せいざ)は私(わたし)も苦手(にがて)です。

でも、ゆりさん、もう1時間(じかん)も正座(せいざ)を続(つづ)けていますよ。

小(ちい)さい頃(ころ)、祖母(そぼ)による特訓(とっくん)を受(う)けましたからね。まだ平気(へいき)です。

**AによるB**　A是B動作的主體、原因、根據。「由於～、根據～」的意思。如：「社長(しゃちょう)によるスピーチ」（由社長進行演講）、「地震(じしん)による津波(つなみ)」（地震引起的海嘯）。

## 會話 2

101

日本文化には興味がありますが、正座だけは苦手です。

日本人なのに正座が嫌いで、椅子の生活をしている人、今多いらしいですよ。

和室で暮らすことに憧れますが、やっぱり椅子の方が楽かもしれません。

和室がいいのなら、掘りごたつという方法もありますよ。

掘りごたつ……？

ほら、和食レストランなんかにあって、床に穴が開いていて、そこに座るんです。

**なんか** 在諸多的東西中舉一個例子，是「など」的口語表現。「等等、之類的」意思。

- 果物では、バナナなんか好きですね。
  （水果裡，我喜歡香蕉之類的。）

# 時髦的「日式」品味人氣正旺

隨著生活的近代化，日本家庭的西式房間需求比日式房間要增加許多，然而進入 21 世紀之後，反而是日式風格的小配件，或是鋪設榻榻米的日式房間受到了擁戴。這是因為日本人將日式品味與傳統的住房功能都做了調整的關係。

榻榻米一般是用燈心草編製而成，具有清淨空氣及隔音的效果，還有調控濕度、阻斷熱氣等功能，因而最近大受矚目。只要在春季及夏季拿出來乾燥、保養，一年只需要做兩次，就可以持續使用達 20 年，CP 值可說是非常高。

其他像是庭院和房間之間設有「**縁側**」（緣廊），這樣的空間可以用來一邊品茗一邊眺望庭院，或者是在起居室擺一個「**こたつ**」（暖桌），讓家人可以圍坐在一起。像這樣的生活方式大受歡迎，甚至還有人特別把自己家裝潢成古老的民房呢。

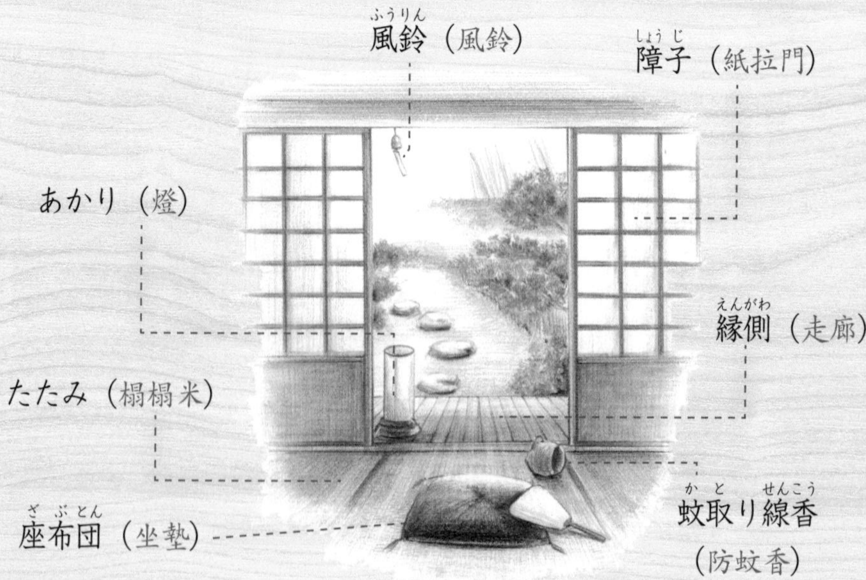

## 1) 「～が苦手です」の文型を使って、文を作ってみましょう。

例 正座(せいざ)が苦手(にがて)です。

❶ 英語(えいご)／苦手(にがて)です　→ ……………………

❷ 漢字(かんじ)を書(か)く／苦手(にがて)です　→ ……………………

❸ 人前(ひとまえ)で話(はな)す／苦手(にがて)です　→ ……………………

## 2) 音声を聞いて、（　　）の中を埋めましょう。 102

❶ 歌舞伎(かぶき)や（　）は、日本(にほん)の伝統芸能(でんとうげいのう)です。

❷ 茶道(さどう)や（　　）でも、正座(せいざ)をします。

❸ 正座(せいざ)（　）慣(な)れた人(ひと)だと、足(あし)はあまりしびれません。

## 3) 会話音声を聞いて、正しければ○、間違っていれば×を入れましょう。

103 ❶（　　）　104 ❷（　　）　105 ❸（　　）

16

# 日本人は床の間に何を飾りますか。

## 日本人會在壁龕裝飾什麼呢？

106 日本の和室に設けられた床の間は、お客様をもてなすための空間です。床の間にいちばん近い場所が、その部屋の「上座」で、お客様に座っていただき、床の間に飾ってある物を側でゆっくり鑑賞していただきます。

床の間に飾るものは、書道の作品や絵の掛け軸や生け花、陶器などの置き物、お正月だったら鏡餅などです。季節に合わせて、その季節の雰囲気に合った物に置き換えて、お客様に芸術や季節感を楽しんでもらったり、それらを一緒に鑑賞することで話が弾んだり……床の間はそんな特別な空間です。

しかし、近年では床の間がせっかくあるのに、そこに仏壇やテレビを置いて、本来の使い方をしていない家も増えました。芸術や風流で人をもてなす床の間には、古きよき日本人の心が宿っています。

次の説明のうち、正しいものを一つ選びなさい。

a 床の間とは、寝室のことです。

b 床の間には、ふとんや日用品を 収 納します。

c 床の間にいちばん近い場所は、下座といいます。

d お 客 さんをもてなすために、床の間に芸 術 品などを飾ります。

## 會話 1

107

台湾（たいわん）の祖父母（そふぼ）が、昔（むかし）住（す）んでいた家（いえ）に床（とこ）の間（ま）があったと言（い）っていました。

台湾（たいわん）のお家（うち）にですか。それは珍（めずら）しいですねえ。

祖父母（そふぼ）は昔（むかし）、日本式（にほんしき）の家（いえ）に住（す）んでいたそうです。

へえ、なるほど。ところで、床（とこ）の間（ま）ってどんなものか、知（し）っていますか。

和室（わしつ）の奥（おく）にあって、少（すこ）しへこんだ空間（くうかん）でしょう？

ええ、そこに生（い）け花（ばな）や芸術品（げいじゅつひん）を飾（かざ）るんですよ。

**～でしょう？**　語尾音調上揚，表示針對內容，期待對方認同、同意等等。

- ここのカレー、おいしいでしょう？
  （這家的咖哩很好吃，對吧？）

## 會話 2

108

床の間は今では珍しいですから、写真を撮っておけばよかった、と祖父が言っていました。

台湾ばかりでなく、日本でも床の間のある家は減ってると思います。

和風旅館や和食レストランでしか見たことがありません。

もし私が自分の家を設計するとしたら、床の間を設けたいですね。

ああ、その時は、そのお家に遊びに行かせてくださいね。

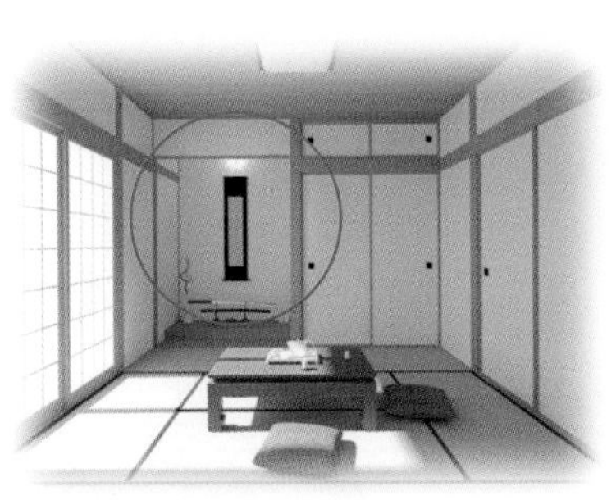

**～ばよかった**　同「～たらよかった」，用在後悔實際上沒有這麼做。

- 生前にもっと父と話をすればよかった。

（在父親生前，多跟他說話就好了。）

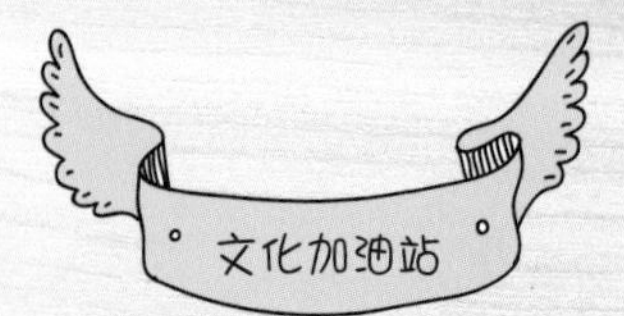


## 好運物讓人開心！

在日本，除了壁龕以外，還會在其他地方擺設祭典或新年的裝飾品，主要就是為了呈現祝禱好運的意象。有些東西日本人一看到就覺得代表著好運，在此就介紹一些較具代表性的。

其他還有外國人看到應該會覺得既特別又有趣的「ひょっとこのお面」、「おかめのお面」（怪男面具及醜女面具），或是鯛魚的圖案等等，也都能展現祝禱好運的意象。

**七福神**　七福神是指恵比寿、大黒天、毘沙門天、弁財天、布袋尊、福禄寿、寿老人。每一位神明各自可以提升運氣、財運、孩子運、工作運等等。

**鶴・亀**　在日本，鶴與烏龜兩者都象徵著長壽。

**松竹梅**　中國的「歲寒三友」也傳到了日本，所以在祝賀的場合中常會被描繪出來。

## 1) 「せっかく～のに～」の文型を用いて、文を完成させましょう。

例 せっかく床の間があるのに、全然活用していません。

❶ 台湾から来ました／日本料理を食べていません

→ ……………………………………

❷ 日本語を一生懸命練習しました／全然使っていません

→ ……………………………………

❸ お金を貯めました／全部盗られてしまいました

→ ……………………………………

## 2) 音声を聞いて、（　　）の中を埋めましょう。 109

❶ 床の間にいちばん近い場所は、（　　　）と言います。

❷ 季節の（　　　）に合ったものを飾りましょう。

❸ 床の間は、芸術品などを置いてお客様を（　　　）空間です。

## 3) 会話音声を聞いて、正しければ○、間違っていれば×を入れましょう。

110 ❶（　　　）　111 ❷（　　　）　112 ❸（　　　）

17

# 日本の春には、どんな行事がありますか。

## 日本在春季有什麼節慶活動呢？

113 台湾や欧米と違って、日本では4月が年度始めです。3月には卒業式、4月には入学式や入社式、転勤や異動もこの時期が多く、春といえば新しいスタートというイメージが日本人にはありますね。

また、春といえば桜、きれいに咲いた桜を観賞する花見も各地で行われます。日本ではこの時期になると、天気予報の時間に「桜前線」といって、桜の開花状況を知らせたりします。それほど、みんな桜の開花を心待ちにしています。美しく咲いた桜の木の下でお弁当を食べたりお酒を飲んだり、みんなで歌を歌ったりします。昼間の桜もきれいですが、夜桜もまた違った味わいがありますよ。

他にも、3月3日には女の子の成長を願う「ひな祭り」があります。ひな人形や桃の花を家の中に飾り、菱餅やひなあられをお供えし、白酒を飲んだりします。

次の説明のうち、正しいものを一つ選びなさい。

a 日本の学校は9月から始まります。

b 日本の卒業式は4月に行います。

c 花見とは、昼間に桜の花を見ることです。

d ひな祭りは女の子の成長を願う行事です。

## 會話 1

114

お花見をしたことがありますか。

もちろん。毎年家族で近所の公園に花見に行きます。

どんなことをするんですか。

お弁当を食べたり、桜の写真を撮ったりします。

私は写真でしか見たことがありませんが、日本の桜は本当にきれいですね。

来年の4月、一緒に行きましょう。

**家族で**　這裡的「で」表示動作進行時的成員。如：

- 誕生日は家族で祝います。（全家一起慶祝生日。）

## 會話 2

115

それは何（なん）ですか。

桜餅（さくらもち）といいます。一緒（いっしょ）に食（た）べようと思（おも）って買（か）って来（き）たんです。

おいしそう。それにとてもきれいなピンク色（いろ）ですね。

お茶（ちゃ）を入（い）れていただきましょう。

この葉（は）っぱもそのまま食（た）べるんですか。

ええ。これは桜（さくら）の葉（は）っぱで、塩味（しおあじ）がついていておいしいですよ。

**桜餅** 將含有紅豆餡的麻薯或麵粉薄餅蒸好後（關東和關西不同，關西是麻薯，關東是薄餅），用鹽醃漬過的櫻花葉包起來，因為是用櫻花葉，故多在初春吃。

**V - ようと思う** 「**動詞的意量形＋と思う**」表達說話者的預定計畫，或意願、意志。

# 畢業典禮、開學典禮、賞花

在日本，春天除了畢業典禮、開學典禮、賞花之外，還有其他有特色的活動。3 月 3 日的「**桃の節句**」也叫做「雛祭り」，就是女兒節。在有女兒的家庭，會陳列稱為「雛人形」的和服娃娃來慶祝。有此一説，女兒節過後若不馬上收拾和服娃娃，那麼這家的女兒就會晚婚。

4 月 29 日是「昭和の日」（昭和記念日）；5 月 3 日是「憲法記念日」（行憲紀念日）；5 月 4 日是「みどりの日」（植樹節）；5 月 5 日是「こどもの日」（兒童節），這幾天都是連續假日，因此這段時期稱為「ゴールデンウィーク」（黃金週）。

「こどもの日」（兒童節）源自古代在端午節時會祈求男孩平安健康長大。延續到現代，在有兒子的家庭，會在當天掛著「鯉のぼり」（鯉魚旗）或裝飾「5月人形」（武士偶人），並食用「柏餅」（用柏葉將含紅豆餡的麻薯包起來的點心）。

雛人形

鯉のぼり

5 月人形

柏餅

## 1) 「～たり～たり」の文型を用いて、文を完成させましょう。

例 花見では、お弁当を食べたりお酒を飲んだりします。

❶ パーティで、（歌を歌います／踊ります）しました。

❷ 昨日先生と、（日本語について討論します／旅行のことを話します）　しました。

❸ これから家に帰って、（勉強します／お風呂に入ります）するつもりです。

## 2) 音声を聞いて、（　）の中を埋めましょう。 116

❶ 春といえば、新しい（　　）の時です。

❷ （　　）の桜もきれいですが、夜桜も違った味わいがあります。

❸ ひな祭りは、（　）月（　）日に祝います。

## 3) 会話音声を聞いて、正しければ○、間違っていれば×を入れましょう。

117 ❶（　　　）　118 ❷（　　　）　119 ❸（　　　）

18

# 日本の夏には、どんな行事がありますか。

日本在夏季有什麼節慶活動呢？

120 夏休みやお盆休みの他、各地の夏祭り、七夕祭りなど、日本の夏にはわくわくする行事がたくさんありますよ。

夏休みは台湾の学校に比べて短めで、小学校から高校は7月20日から8月末まででです。お盆休みに家族で田舎に帰って、川や山など自然の中で遊ぶことも子供にとっては楽しい夏の過ごし方と言えるでしょう。

日本では、夏にいろいろなお祭りが各地で行われます。有名

な夏祭りに、京都の祇園祭、青森のねぶた祭り、仙台の七夕祭り、秋田の竿灯祭りなどがあります。神輿を担いでにぎやかなお祭りもあれば、迫力のある飾りや山車が出る特徴的なお祭りもあり、その街の観光資源にもなっています。

また、花火大会は、インターネットや新聞・雑誌で開催日時をチェックして、あちこちの花火大会を渡り歩く人もいるようですよ。

---

次の説明のうち、正しいものを一つ選びなさい。

a 日本では会社員でも、長い夏休みがあります。

b 仙台のねぶた祭りは有名です。

c 花火大会をいつ、どこで行うのか、情報がいろいろあります。

d 夏は暑いので、子供はみんな外で遊びません。

## 會話 1

121

日本(にほん)にも七夕(たなばた)があるんですねえ。

ええ、ありますけど、日本(にほん)では新暦(しんれき)の 7 月(がつ) 7 日(か)に祝(いわ)いますよ。

そうなんですか。どんなことをしますか。

子供(こども)たちは笹(ささ)に願(ねが)い事(ごと)を書(か)いた短冊(たんざく)を飾(かざ)ったりします。

大人(おとな)は何(なに)をしますか。

七夕祭(たなばたまつ)りがあれば見(み)に行(い)きますが、それ以外(いがい)は特(とく)に何(なに)もしません。

**短冊** 指細長的紙箋。多數特指寫短歌或俳句用的細長詩箋，它的小大約為長 36 公分寬 6 公分。「笹」則是日本山林間常見的一種矮小的竹子。

**何もしません** 「**疑問詞＋も＋否定形**」表示完全否定。

- 部屋(へや)には誰(だれ)もいません。（房間裡沒半個人。）

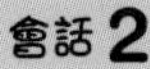

## 會話 2

122

今週の週末は、台湾のバレンタインデーです。

え？夏にバレンタインデーがあるんですか。

ええ。旧暦の7月7日、七夕が恋人の日、つまりバレンタインデーです。

何か特別なことをしますか。

恋人同士で食事に行ったり、プレゼントを交換したりします。

七夕が恋人の日だなんて、ロマンチックですね。

**恋人同士**　「～**同士**」表示同伴、或是同類的人，如「友達同士」、「いとこ同士」等等。在2月14日情人節，女孩會送男孩巧克力以表示愛意，而在3月14日（「ホワイトデー」）這一天，男孩會回送巧克力。另外，朋友或上司部屬間也會送所謂的「義理チョコ」，也就是人情巧克力。

# 日本夏夜的煙火

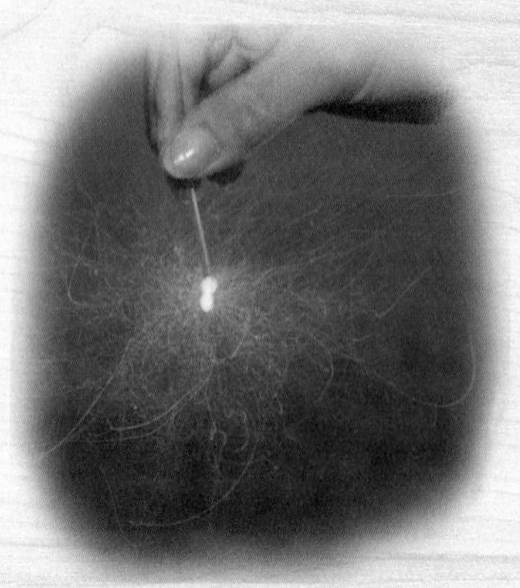

提起日本的夏夜，一定會聯想到「**花火大会**」（煙火大會），其施放的各式五顏六色的煙火燦爛奪目，實在美極了。

煙火大會上放的煙火稱為「打ち上げ花火」（焰火），是由持有執照的施放煙火專家執行，一般人是禁止施放這種焰火的。除了大型煙火之外，也有自己一人就能盡興享受的煙火。日本的煙火形形色色種類繁多，和朋友一起玩，很有夏夜的樂趣哦！只是請注意預先準備好滅火的水桶，以免發生危險。

大家去看煙火時，會穿著浴衣去參加大會，到了會場還會看到許多的攤販，像「たこ焼き」（章魚燒）、「バナナチョコ」（香蕉巧克力棒）、「金魚すくい」（撈金魚）、「かき氷」（挫冰）等等，充滿了熱鬧的氣氛。

## 1) 「～め」を用いて、文を完成させましょう。

例 日本の夏休みは、台湾に比べて短めです。

❶ 校長先生のお話はいつも（長い→　　　　　）です。

❷ お肉を（大きい→　　　　　）に切ってください。

❸ 私は（熱い→　　　　　）のお湯が好きです。

## 2) 音声を聞いて、（　　）の中を埋めましょう。

123

❶ 日本の夏には（　　　）する行事がたくさんあります。

❷ 日本の学校の夏休みは、台湾の夏休みに比べて（　　）です。

❸ 7月20日から8月（　）までです。

## 3) 会話音声を聞いて、正しければ○、間違っていれば×を入れましょう。

124 ❶（　　）　125 ❷（　　）　126 ❸（　　）

# 19

# 日本の秋には、どんな行事がありますか。

## 日本在秋季有什麼節慶活動呢？

127 日本には「スポーツの秋」、「食欲の秋」、「読書の秋」、「芸術の秋」という言葉があります。秋は秋晴れと呼ばれる天気のいい日が続き、運動会を秋に行うことが多いです。また、秋になると気温も下がり、食欲も出てきます。おいしい梨や柿、栗、芋などが食欲をそそります。そして秋になると、夜が長くなります。そんな夜には読書がぴったりです。

日本の秋というと、紅葉を思い出す人も多いのではないでしょうか。日本では紅葉を見に行くことを「紅葉狩り」といいます。気温が低くなるにつれて、木の葉の色が緑から赤、黄色へ変化していきます。赤く染まった山々を眺め、秋のさわやかな空気を吸って、おいしい秋の味覚を味わう……日本の秋には楽しみがいっぱいです。

---

次の説明のうち、正しいものを一つ選びなさい。

a 紅葉を見に行くことを「紅葉狩り」といいます。

b 秋は寒いので、外であまりスポーツをしません。

c 秋になって食欲が出てくるのは、夜が長くなったからです。

d 秋は行事が多くて忙しいので、日本人はあまり読書をしません。

## 會話 1

128

秋(あき)になると、ついつい食(た)べ過(す)ぎてしまいます。

ははは。そうですね。日本(にほん)でも「食欲(しょくよく)の秋(あき)」って言(い)いますから。

どうして秋(あき)になると食欲(しょくよく)が出(で)てくるんでしょうか。

冬(ふゆ)に備(そな)えて、脂肪(しぼう)を蓄(たくわ)えるんじゃないですか。

ええ？嫌(いや)ですね。ダイエットをしないとね。

ティンティンはまだまだ大丈夫(だいじょうぶ)ですよ。

**～んじゃないですか**　「～(ん)じゃないですか」是「～ではないでしょうか」的簡略式說法。表示僅為自己的意見、推測，確信度不高。

## 會話 2

129

今週の土曜日、バーベキューをするんですが、いっしょにいかがですか。

ええ、いいですけど、突然どうしたんですか。

土曜日は旧暦の8月15日、中秋節ですから。

中秋節……？ああ！中秋の名月、十五夜ですね。

台湾では中秋節に月餅を食べたり、バーベキューをしたりする習慣があります。

それは楽しいお月見ですね。ぜひ私たちもやりましょう。

**中秋の名月、十五夜**

在日本，一般稱中秋節為「**中秋の名月**」，也有稱「十五夜」、「芋名月」等說法。

在中秋節這一天會敬供「月見団子」（白色糯米丸子），表現人們對豐收的感謝，或是準備避邪的「ススキ」（芒花）祭祀月神。但現在這些習慣已經漸漸式微。

## 賞楓和秋季美食

走進大自然觀賞紅葉叫做「**紅葉狩り**」（賞紅葉），但其他的還有「採蘋果」、「採梨子」、「採葡萄」等等「～狩り」的活動喔！（「りんご狩り」「なし狩り」「ぶどう狩り」）

日本的秋天水果非常美味，有機會的話，可以試試日本的國內旅遊會舉辦的實地採果之旅，好吃又好玩哦！

此外，在秋天提起豪華的美食，腦海裡就會浮現「**松茸**」，它是很香的蘑菇，有機會不妨嚐嚐。

另外還有「さんま」（秋刀魚）、「かき」（牡蠣）、「さば」（鯖魚）之類的新鮮肥美的海鮮，也是秋季的美味食物。

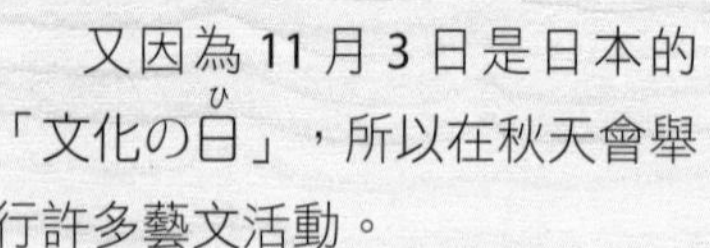

又因為 11 月 3 日是日本的「文化の日」，所以在秋天會舉行許多藝文活動。

**1) 変化を表す「～なりました」を用いて、文を完成させましょう。**

❶ あんなに汚れていた服が、洗濯をして、
（きれいです　→　　　　　　　　　　　　）。

❷ 1年で子供がとても（大きいです　→　　　　　　　　　　）。

❸ 特訓して、ピアノが（上手です　→　　　　　　　　　　）。

**2) 音声を聞いて、（　　）の中を埋めましょう。** 130

❶ 秋になると、（　　）が下がります。

❷ 気温が低くなる（　）つれて、木の葉の色が変化していきます。

❸ 梨や柿、栗、（　）など、おいしい物がいろいろあります。

**3) 会話音声を聞いて、正しければ○、間違っていれば×を入れましょう。**

131 ❶（　　）　132 ❷（　　）　133 ❸（　　）

## 20

# 日本の冬には、どんな行事がありますか。

### 日本在冬季有什麼節慶活動呢？

134 日本の冬は寒いですが、面白い行事がたくさんありますよ。次の項でご紹介するお正月以外に、クリスマスや成人式、それに2月には節分があります。

日本では、クリスマスにケーキを食べたりプレゼントやカードを交換したりします。街にはイルミネーションが飾り付けら

れ、とてもロマンチックな雰囲気になります。クリスマスが終わると、年末の忙しい時期になります。仕事納めや大掃除があります。この正月休みに故郷へ帰省する人も多いです。

1月の第二月曜日は成人式です。二十歳の成人になった人たちが着物やスーツを着て、成人式に参加します。2月3日は節分の日で、「鬼は外、福は内」と叫んで豆をまき、家族の健康を祈願します。

次の説明のうち、正しいものを一つ選びなさい。

a 日本では年末に、成人式があります。

b 日本の冬には、クリスマスしか行事がありません。

c クリスマスにはケーキを食べたり、プレゼントを贈ったりします。

d 節分は、1月に行います。

## 會話1

135

ゆりさん、なんだか顔色が悪いですが、どうしましたか。

風邪をひいてしまったみたいで、頭が痛いです。

寒波が来て急に寒くなりましたからね。この忙しい時期に大変ですね。

インフルエンザも流行っているみたいですし……。

病院に行ったほうがいいんじゃないですか。

ええ。でも、もう少し様子を見てみます。

**頭が痛い** 也可以說成「頭痛がする」，另外依不同程度的疼痛，可用：「頭がズキズキする」（頭刺痛）、「頭がガンガン痛い」（頭劇痛）。除此之外，感冒時其他的表現還有「気分が悪い」（不舒服）、「気持ち悪い」（不舒服）、「吐き気がする」（想吐）、「寒気がする」（發冷）、「お腹が痛い」（肚子痛）、「喉が痛い」（喉嚨痛）、「熱がある」（發燒）等等說法。

## 會話 2

136

何を見ているんですか。

カレンダーを見ているんですが、台湾では旧暦のお正月を祝うことに気づきました。

はい、そうですよ。

毎年元旦の日にちが違うと、不便ではありませんか。

子供の頃からそうですから、慣れています。

へえ。日本と違いますね。面白いなあ。

**元旦** 是指1月1日當天一整天。有「一年の計は元旦にあり」（一年之計在於1月1日）的諺語。

# 日本一年中的主要節日、假日

一說起日本的冬天，有人腦海中會浮現雪景，但並非全日本都會下雪，即使下了雪，有的地區甚至幾乎不會積雪。所以為了賞雪而到日本旅遊時，要事先調查一下比較好。

要玩「雪だるま作り」（堆雪人）、「雪合戦」（打雪戰）、「かまくら作り」（用雪做窰洞）等，只要雪積到某一種程度就可以玩，可是要滑雪（スキー）、玩雪地滑板（スノーボード）等等，就要到專業的滑雪場。若是第一次去滑雪，日本滑雪場有出租滑雪道具，也有指導初學者的教練，可以放心地去玩。

## 日本一年中的主要節日、假日

| | | |
|---|---|---|
| 1 月（睦月） | 1 日 | 元旦 |
| | 第二月曜日 | 成人式 |
| 2 月（如月） | 3 日 | 節分 |
| | 11 日 | 建国記念の日 |
| | 14 日 | バレンタインデー |
| 3 月（弥生） | 3 日 | 雛祭り |
| | 14 日 | ホワイトデー |
| | 21 日ごろ | 春分の日 |
| 4 月（卯月） | 1 日 | エイプリルフール |
| | 29 日 | 昭和の日 |

| 5 月（皐月〔さつき〕） | 3 日 | 憲法記念日〔けんぽうきねんび〕 |
|---|---|---|
| | 4 日 | みどりの日〔ひ〕 |
| | 5 日 | こどもの日〔ひ〕 |
| | 第二日曜日 | 母〔はは〕の日〔ひ〕 |
| 6 月（水無月〔みなづき〕） | 第三日曜日 | 父〔ちち〕の日〔ひ〕 |
| 7 月（文月〔ふみづき〕） | 第三月曜日 | 海〔うみ〕の日 |
| 8 月（葉月〔はづき〕） | 11 日 | 山〔やま〕の日〔ひ〕 |
| | 13 日～ 16 日 | お盆〔ぼん〕 |
| 9 月（長月〔ながつき〕） | 第三月曜日 | 敬老〔けいろう〕の日〔ひ〕 |
| | 23 日ごろ | 秋分〔しゅうぶん〕の日〔ひ〕 |
| 10 月（神無月〔かんなづき〕） | 第二月曜日 | 体育〔たいいく〕の日〔ひ〕 |
| 11 月（霜月〔しもつき〕） | 3 日 | 文化〔ぶんか〕の日〔ひ〕 |
| | 23 日 | 勤労感謝〔きんろうかんしゃ〕の日〔ひ〕 |
| 12 月（師走〔しわす〕） | 23 日 | 天皇誕生日〔てんのうたんじょうび〕 |
| | 25 日 | クリスマス |
| | 31 日 | 大晦日〔おおみそか〕 |

1. 節日若逢星期日，則接下來的星期一會補假，稱為「振替休日〔ふりかえきゅうじつ〕」（補假）。
2. 為了要連放三天假，會把一部分的休假挪到星期一。
3. 「お盆休み〔ぼんやすみ〕」（盂蘭盆）和「正月休み〔しょうがつやすみ〕」（年假）的天數會因公司而異，但大致都會有 5 天到 1 個星期左右的假期。

## 1) 「以外に」を用いて、文を完成させましょう。

例 日本の冬は、お正月以外に楽しい行事がたくさんあります。

❶ 彼／誰が来ますか

→ ……………………………………

❷ クリスマス／ケーキを食べることがあまりないです

→ ……………………………………

❸ 日本語／中国語もできます

→ ……………………………………

## 2) 音声を聞いて、（　　）の中を埋めましょう。 137

❶ プレゼントやカードを（　　）しましょう。

❷ 年末に（　　　）します。

❸ 着物やスーツを着て、成人式（　）参加します。

## 3) 会話音声を聞いて、正しければ○、間違っていれば×を入れましょう。

138 ❶（　　）　139 ❷（　　）　140 ❸（　　）

# 21 日本ではお正月をどう過ごしますか。

## 日本怎麼過春節呢？

141 日本でも昔は、台湾のように旧暦の旧正月を過ごしましたが、今は新暦で過ごし、新暦の 1 月 1 日が元旦です。正月休みは、年末から年始にかけて、だいたい 5 日から 1 週間くらいあります。

過ごし方は地域や家庭によって違いますが、一般的には 12 月 31 日の大晦日の夜に、多くの人が年越しそばを食べます。年が明けると初詣に行って、新しい一年の無事を祈ります。

元旦には年賀状が届いたり、子供たちにとってはお年玉をもらうことも、お正月の楽しみの一つです。年賀状には当選番号つきのものもあって、当選したらいろんな賞品がもらえます。

昔は晴れ着を着て、親戚が集まり、おせち料理や雑煮を食べたり、みんなで凧揚げをしたりカルタで遊んだり、羽根つきをしたりしました。今は海外旅行をする人も増え、日本の正月も様変わりしました。

カルタ

羽根つき

凧揚

次の説明のうち、正しいものを一つ選びなさい。

a 日本でも旧正月を過ごします。

b お正月にはおせち料理を食べたり、雑煮を食べたりします。

c 元旦に年越しそばを食べて、そのあと、初詣に行きます。

d 子供たちは大人にお年玉をあげます。

## 會話 1

142

ゆりさんの家では、お正月をどう過ごしますか。

私の家では、家族そろって初詣に行きます。

うわあ、みんないっしょにですか。すごい！

お正月ですからね、特別です。

初詣はどこへ行くんですか。

うちの近所の神社へ行きます。

**お正月** 日本的「**正月**」本來是指新年的第一個月，但是現代人忙碌，演變為指的是「三が日」（初一～初三），或是「松の内」（裝飾「門松」等等的期間）。元旦同「元日」指的是新年的第一天。

**初詣** 又稱作「**初参り**」，指的是新年初次到神社參拜。除夕夜過了午夜 12 點，就是新的一年，所以過了 12 點就有很多人到神社參拜。平常不穿和服的人，也會在過年期間穿上和服去神社參拜，所以這段時間到處可見和服的身影。

## 會話 2

ここに書いてある「一富士、二鷹、三なすび」とは、どういう意味ですか。

初夢に見ると、縁起がいいものですよ。

初夢？

年が明けて、初めて見る夢のことです。

富士山と鷹はわかりますが、どうして茄子なんでしょう？

初茄子の値段は、高いからだって聞いたことがあります。

**一富士、二鷹、三なすび**　俗語。表示在新年的第一個夢裡，夢見這三樣東西就表示吉利。最吉利的就是夢到富士山；老鷹次之；茄子再次之。「なすび」同「なす」。至於為什麼茄子也列入吉利之內，有一說是因為江戶時期剛出產的茄子很貴，還有一說是因為德川家康很喜歡吃茄子。

**縁起がいい**　相反就是「縁起が悪い」。

# 正月主要的活動

| 12月31日 | 大晦日（おおみそか） | 大掃除（おおそうじ）<br>鏡餅（かがみもち）やしめ縄（なわ）❶　を飾（かざ）る<br>おせち料理（りょうり）❷　を作（つく）る<br>年越（としこ）しそば❸　を食（た）べる<br>除夜（じょや）の鐘（かね）❹　を（寺院（じいん）などで）聞（き）く |
|---|---|---|
| 1月1日 | 元旦（がんたん） | 初日（はつひ）の出（で）❺　を見（み）に行（い）く<br>おせち料理（りょうり）　を食（た）べる<br>雑煮（ぞうに）❻　を食べる<br>年賀状（ねんがじょう）❼　を受（う）け取（と）る<br>お年玉（としだま）❽　をもらう・あげる |

## ❶ 鏡餅（かがみもち）・しめ縄（なわ）

**鏡餅（かがみもち）**　扁圓形的日式年糕。把小大兩個年糕疊起來供奉神明，大部分都會在年糕上放個柑橘。年糕的圓形象徵家庭圓滿，堆疊的形狀則表示可以有好運連連的一年。

**しめ縄（なわ）**　稻草繩結。新年時在家的出入口掛上稻草繩結，表示將不好的東西擋在門外。

## ❷ おせち料理（年菜）

年菜。傳說是因為新年迎神到家中這段期間，家中不能升火作飯，因此會預先將新年要吃的佳餚美食備好，才有在正月做年菜的說法。此外也有人說，這是讓辛苦了一整年的女性能在過年期間休息所以才準備年菜。

下面舉出幾種日本年菜的菜色：

**黒豆**　黑豆。象徵期許人們勤勉、健康過日子。

**数の子**　曬乾的青魚子。象徵子孫繁榮。

**昆布**　海帶。象徵喜悅，取其音似「よろこぶ」讀音而來。

**かち栗**　去殼栗子。象徵勝利，取其「勝ち」讀音而來。

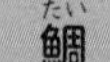

**鯛**　鯛魚。象徵吉利，取其「めでたい」讀音而來。

**里芋**　芋頭。象徵多子多孫，取其「里芋」會生很多子芋而來。

**紅白なます**　醋拌紅白蘿蔔絲。以紅白兩色的食材象徵吉利。

## ❸ 年越しそば（跨年蕎麥麵）

「大晦日」（除夕）這一天，做好過年準備、到了晚上不睡覺準備恭迎「年神様」（年神）的到來。在這一天夜裡 12 點前，日本人習慣來碗「年越しそば」（跨年蕎麥麵）。「年越しそば」並不是什麼特別的

蕎麥麵種類，只是因為在除夕當天吃，所以叫做「過年蕎麥麵」。因為寓意為「切斷去年厄運」，所以要在除夕夜 12 點以前吃。

### ❹ 除夜の鐘（除夕鐘聲）

除夕夜接近 12 點時日本的寺廟就會開始敲鐘。在舊的一年裡敲上 107 下，然後一過了新年， 再敲下第 108 下。108 這個數字有如人世的煩惱數量。除夕敲鐘，大家聽著鐘聲，懺悔這一年來所做的錯事，反省做壞事的心，除去煩惱，並能以清澄的心靈迎接展新的一年。

### ❺ 初日の出（新年曙光）

新年第一天的第一道曙光。

### ❻ 雑煮（什錦湯）

「雑煮」也可以説成「お雑煮」，是一種將年糕與許多食料煮成的什錦湯。因地域、家庭的不同，湯汁、食材、年糕的形狀也有所差異——有的是清湯，有的是味噌湯；放入的年糕有的是圓形，有的是四角形。

### ❼ 年賀状（賀年明信片）

日本人從年底就開始準備寄送賀年明信片給有往來的親朋好友，以表達問候及感謝之意。這些明信片下方印有對獎號碼，如果在 12 月 25 日之前將明信片寄出的話，郵局會統一在新年第一天送到對方家中。（右方郵筒中，黃色標簽處是專門提供投入賀年明信片）

### ❽ お年玉（壓歲錢）

給小孩的紅包。

## 1) 範囲を表す「～から～にかけて」を用いて、文を完成させましょう。

例 休みは、年末から年始にかけて、1週間くらいあります。

❶ 北海道／関東／明日は雪が降ります

→ ……………………………………

❷ 三月初旬／四月中旬／花粉症に悩まされました

→ ……………………………………

❸ 秋／冬／忙しくなりそうです

→ ……………………………………

## 2) 音声を聞いて、（　　）の中を埋めましょう。 144

❶ お正月の過ごし方は、地域や家庭（　　　）違います。

❷ 元旦の朝、年賀状が家に（　　　）。

❸ 子供達はお年玉を（　　　）。

## 3) 会話音声を聞いて、正しければ○、間違っていれば×を入れましょう。

145 ❶（　　）　146 ❷（　　）　147 ❸（　　）

## 22

# 子供の行事には何がありますか。

## 有什麼節慶與小孩子有關？

148 春の行事のページで紹介した、3月3日の「ひな祭り」や5月5日の「端午の節句」は共に子供の成長を祈願する行事です。5月5日は今は「子供の日」として国民の休日になっています。それから、2月3日頃に行う節分も、子供が中心の行事です。「鬼は外、福は内」と、大きい声で言いながら、豆をまき、年の数だけ豆を拾って食べればその年を健康に過ごせると言われています。

他に「七五三」という行事もあります。3歳、5歳、7歳の子供が親と一緒に神社に行って成長を祈願します。昔は医療が発達しておらず、7歳未満で命を落とす子供が多かったため、このような行事ができたのでしょう。今も昔も、子供が元気に大きくなることは、親の一番の願いですからね。

次の説明のうち、正しいものを一つ選びなさい。

a 日本には子供の行事がありません。

b 女の子の成長を祈願する行事は、5月にあります。

c 節分は、大人ばかりで行う行事です。

d 七五三とは、子供の年齢を指します。

## 會話 1

149

ゆりさんの姪っ子さん、見る<u>たびに</u>大きくなっていますね。

ええ、子供の成長は早いですね。
あ、ティンティン、今度の週末空いていますか。

ええっと……空いているかどうか、手帳を見ないとちょっと……。

姪っ子が今年、七五三なんだけど、ティンティンも一緒に神社にお参りに行きませんか。

神社にですか。うわあ、行ってみたいです。

時間があるようなら、ぜひ一緒に行きましょう。

**たびに**　「動詞辭書形＋たびに」，表示「每次」的意思。

- 日本に行くたびに、私はこのお菓子を買います。
（每次去日本我都買這個零食。）

## 會話 2

150

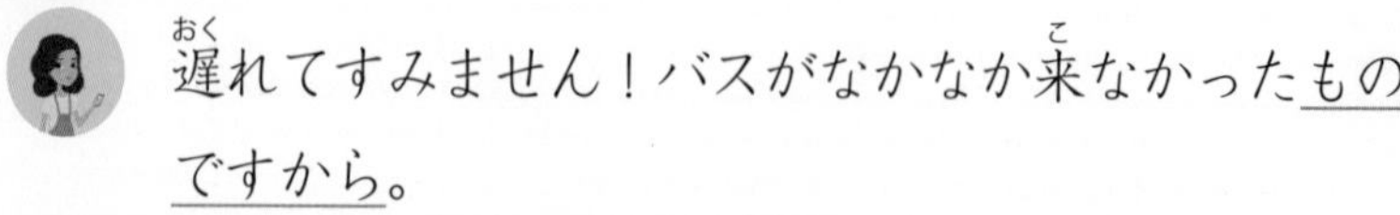

遅れてすみません！バスがなかなか来なかったものですから。

遠いところ、大変でしたね。さあ、行きましょう。

お兄さんご夫婦や姪っ子さんを、待たせてしまいましたね。

大丈夫ですよ。兄たちも少し遅れるって連絡があったので。

神社は、ここからあとどのくらいかかりますか。

歩いて5～6分です。この坂を登れば、すぐですよ。

**ものです / ものだから**　表示說明某重大的原因理由。

- このところ心配事ばかり続いたものだから、少し体調が悪くなりました。
  （操心事接連發生，所以身體變差。）

# 哪一個是鬼？哪一個是幽靈？

二月三日節分時所大喊的「鬼は外」（惡鬼散去）所指的鬼，以及童話故事桃太郎之中「鬼退治」（打敗惡鬼）所指的鬼，到底是什麼樣的生物呢？大家可以想像得到嗎？肌膚的顏色是紅色或藍色的，粗大的眉毛、恐怖的眼睛，然後還有長長的牙和角，在人世間到處為非作歹，這就是日本人一般所認為的鬼。

日語中有許多與「鬼」相關的俗諺，像是「鬼に金棒」（如虎添翼）「鬼のいぬ間に洗濯」（閻王不在家，小鬼鬧翻天）「鬼の目に涙」（頑石也會點頭）等等，可見日本人的生活與鬼是緊密結合在一起的。鬼是出現在小說故事裡的生物，與中國話所指的「鬼」是完全不同的。

（鬼）

那麼，死後無法成佛，主要在夜裡才會現身，並且在鄉野怪談中經常出現的東西，用日語的話該怎麼說呢？基本上在日本，出著白色的服裝，總是躲在黑暗角落的，就是所謂的「幽霊」。

（幽霊）

在傳說或是小說故事之中，還有「妖怪」（各式異形異狀的怪物）、「おばけ」（會幻化為人的妖）等，人類用想像力所創造出來的怪物。也有很多可愛的妖怪活躍在動畫作品之中。

（おばけ）

（妖怪）

## 練習問題

### 1) 同時に 2 つの動作を行う時に使う「ながら」を用いて、文を完成させましょう。

例 「鬼は外、福は内」と言いながら、豆をまきます。

❶ 音楽を聴きます／皿洗いをします

→ ……………………………………………………

❷ 歩きます／タバコを吸います

→ ……………………………………………………

❸ 友達とおしゃべりします／食事します

→ ……………………………………………………

### 2) 音声を聞いて、（　　）の中を埋めましょう。 151

❶ ひな祭りは、女の子の（　　　）を祈願する日です。

❷ 節分は、子供が（　　　）の行事です。

❸ 豆まきをしたら、（　　）の数だけ豆を拾って食べます。

### 3) 会話音声を聞いて、正しければ○、間違っていれば×を入れましょう。

152 ❶（　　　）　153 ❷（　　　）　154 ❸（　　　）

# 23 お盆とはどんな行事ですか。

## 盂蘭盆節是怎麼樣的節日？

155 8月15日を中心に、13–16日あたりを「お盆」といい、多くの人がこの時期に「お盆休み」をとって故郷に帰省します。お盆とは、先祖を迎え入れてその霊を供養する、仏教の「盂蘭盆会」に由来する行事のことです。先祖の墓をお参りする他、家の中に「お盆飾り」といわれるものを飾ります。

　また、地域の広場にやぐらを建てて、明るい提灯の光の下、民謡やアニメソングなどの音楽に合わせて、やぐらの周りを輪になって踊る「盆踊り」をしたりします。祭りの会場には、たこ焼きやりんご飴、金魚すくいなどの夜店が出ることもあり、子供も、若者も、お年寄りも一緒に楽しく過ごせます。お盆祭りは先祖の霊を慰めるだけでなく、近隣の人とのコミュニケーションの機会にもなっています。

---

**次の説明のうち、正しいものを一つ選びなさい。**

a お盆は、8月のはじめにあります。

b お盆は、先祖を供養する、仏教に基づいた行事です。

c お盆祭りは、お年寄りしか行きません。

d お盆は家族だけで行う行事です。

## 會話1

156

雨(あめ)がやんだとたん、いい天気(てんき)になりましたね。

この様子(ようす)だと、今晩(こんばん)のお盆祭(ぼんまつ)り、中止(ちゅうし)になりませんよね。

やった！せっかく盆踊(ぼんおど)りの練習(れんしゅう)をしたのに、中止(ちゅうし)だったら残念(ざんねん)ですもの。

さあ、今(いま)から浴衣(ゆかた)をおばあちゃんに着付(きつ)けてもらいに行(い)きましょう。

すみません、ゆりさんのおばあ様(さま)にご迷惑(めいわく)をおかけして。

私(わたし)も自分(じぶん)で着付(きつ)けができないから、一緒(いっしょ)に教(おし)えてもらいましょうね。

**やった** 用在事情如自己所願，順利進行時。

- やった！彼女(かのじょ)からＯＫの返事(へんじ)をもらえたぞ。

  （太好了！她回覆ＯＫ！）

## 會話 2

157

盆踊り、私たち二人ともうまく踊れましたね。

知らない振付も、上手な人の踊りを見てすぐ覚えましたね。

最後まで踊り続けたので、もうクタクタです。

そこで、冷たい飲み物を買って、座って休みましょう。

あ、私が買って来ます。先に座っててください。

**振付**　舞蹈動作。

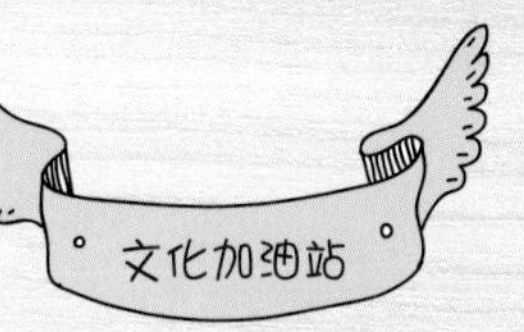


# 擺設盂蘭盆節祭壇，迎接祖先們

「お盆」是日本重要的節日，在此簡單介紹盂盆蘭節的代表性物品。

**盆提灯**　盂蘭盆節燈籠。祖先的靈魂從淨土（彼岸）回到我們的世界（人世間）的時候，為了讓他們找到回家的路，所以要用燈籠來當作標記。

**茄子做成的牛、黃瓜做成的馬**　讓祖先可以騎馬，然後牽著載滿了行李的牛一起回來。

其他還會一起擺上素麵、昆布、燈籠草、插花作品、夏季的蔬菜水果，以及祖先喜歡的食物等等。

## 1) 形容詞を副詞に変えて、文を完成させましょう。

例 子供も若者もお年寄りも一緒に楽しく過ごせます。

❶ 母は貧乏でも（明るい→　　　　）生きました。

❷ ここに○を（大きい→　　　　）書いてください。

❸ 子供は急に（激しい→　　　　）泣きだしました。

## 2) 音声を聞いて、（　　　）の中を埋めましょう。 158

❶ 8月13－16日あたり（　）「お盆」といいます。

❷ お盆とは、先祖の霊を（　　　　）する行事です。

❸ 祭りを通じて、近隣の人と（　　　　）します。

## 3) 会話音声を聞いて、正しければ○、間違っていれば×を入れましょう

159 ❶（　　　）　160 ❷（　　　）　161 ❸（　　　）

# 24 日本にも古典文学がありますか。

## 日本也有古典文學嗎？

162 もちろんありますよ。日本では明治時代に入る前に書かれたもの、恒久的で規範的な文学を古典文学といい、明治時代以後（1868年～）に書かれたものを近代文学ということが多いです。

日本では、中学校から古典文学を学校の授業で習います。中国の古典と同じで、日本の古典も現代の言葉とかなり違いますので、辞書がないとなかなか読めません。

有名な作品として……「竹取物語」は日本最古の物語で、「かぐや姫」の名で昔話や映画でも親しまれています。「枕草子」は平安時代に書かれた随筆で、女性らしい感性で当時の生活が描かれています。「源氏物語」も平安時代の作品で、主人公の光源氏の恋愛模様が書かれています。

次の説明のうち、正しいものを一つ選びなさい。

a 「源氏物語」は江戸時代に書かれました。

b 「枕草子」の作者は男性です。

c 「竹取物語」は随筆です。

d 日本では、明治時代に入る前の、恒久的な文学を「古典文学」といいます。

## 會話 1

163

ゆりさんは、古典文学をよく読みますか。

うーん、学生時代に授業で勉強しましたが、辞書がないと読むのは難しいので、普段は全然読まないですね。

へえ。日本人でも難しいんですか。

もちろん。難しいですよ、古典は。

私は日本の古典文学に興味があります。どれがいいか紹介してください。

じゃあ、「源氏物語」がお勧めです。

## 會話 2

164

実は私、学生時代、古典が一番得意な科目でした。

すごい。台湾では古典文学を丸暗記すると聞きましたが、本当ですか。

ええ、本当ですよ。暗記するのは大変でしたが、古典が好きなので頑張りました。

私も中国の古典文学に興味があって、読んでみたいです。

何が読みたいですか。

まず一番有名な「三国志」を読んでみたいです。

**興味がある**　「～に興味がある」（對～有興趣）也可以說成「興味を持っている」。另外，要表達「我的興趣是～」可以用「私の興味は～です。」表達。

# 枕草子

清少納言（《枕草子》的著者）和紫式部（《源氏物語》的著者）在日本文學史上是相當有名的女作家，這兩人其實生長在同一時代。

或許有人會以為，這兩位才女應該視彼此為可敬的對手吧？但據說這兩人感情非常不好。雖然有人認為紫式部討厭自視甚高的清少納言，但一般認為，應該是政治的因素比較大。

當時，兩人分別服侍定子皇后和彰子皇后。宮中權力鬥爭激烈，就反應在各侍其主的清少納言和紫式部的關係上。最後紫式部服侍的彰子皇后位居上風，所以清少納言在定子皇后失勢後，據說便一人過著清寂的晚年。總之，這超過千年以上的傳說，真實的程度並不可考。

下文是幾乎所有日本人都熟知的、作家清少納言《枕草子》書中有名的一段。這段文章學校多半要求學生背誦，即使對古文沒興趣的日本人，也有很多人能流利地背出這一段。

## 原文

211

春（はる）は、曙（あけぼの）。やうやう白（しろ）くなりゆく、山（やま）ぎはすこし明（あか）りて、紫（むらさき）だちたる雲（くも）のほそくたなびきたる。

夏（なつ）は、夜（よる）。月（つき）のころはさらなり、やみもなほ、蛍（ほたる）の多（おお）く飛（と）びちがひたる。また、ただ一（ひと）つ二（ふた）つなど、ほのかにうち光（ひか）りて行（ゆ）くもをかし。雨（あめ）など降（ふ）るもをかし。

秋は、夕暮れ。夕日のさして 山の端 いと近うなりたるに、烏の寝どころへ行くとて、三つ四つ、二つ三つなど、飛びいそぐ さへあはれなり。まいて雁などのつらねたるが、いと小さく見ゆるはいとをかし。日入りはてて、風の音、虫の音など、はたいふべきにあらず。

冬は、つとめて。雪の降りたるはいふべきにもあらず、霜のいと白きも、またさらでもいと寒きに、火などを急ぎおこして、炭もて渡るもいとつきづきし。昼になりて、ぬるくゆるびもていけば、火桶の火も白き灰がちになりてわろし。

## 現代語訳

212

春は夜明けがいい。だんだん白くなっていく山際が、少し明るくなって、紫がかった雲が細くたなびいている。

夏は夜がいい。月が出ている時は言うまでもない。闇でもやはり（月が出ていなくても）、螢がたくさん飛んでいくのもいい。また、たった一匹二匹など、ほのかに光って飛んでいるのも趣がある。雨などが降っているのもいい。

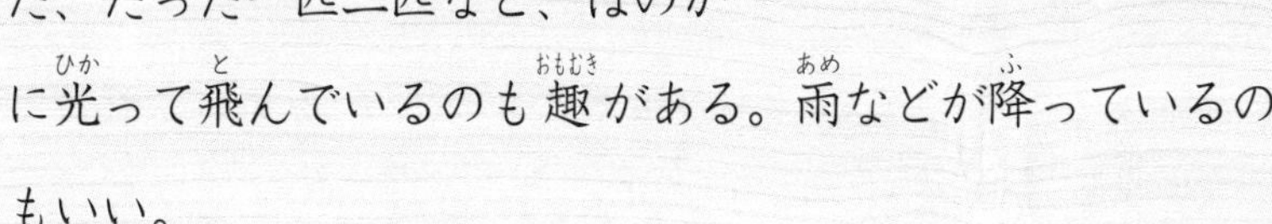

秋は夕暮れがいい。夕日が差し込んで、山に沈みかける頃に、烏が寝どころへ行こうとして、三羽四羽、二羽三羽など、急いで飛んでいくのさえしみじみとしている。まして、雁などが連なっているのが、とても小さく見えるのは非常にしみじみと趣がある。日が沈んで、風の音や虫の鳴き声などは、これもまた言うまでもなくいい。

冬は早朝がいい。雪が降っているのは言うまでもないが、霜がとても白いのも、またそうでなくてもとても寒いときに、火などを急いで起こして、炭を持って廊下を渡っているのもとても（冬の情景に）似つかわしい。昼になって、気温が暖かくなってくると、火桶の中も白く灰だらけになってあまり良くない。

## 白話譯文

在春天，黎明最好。漸漸轉為亮白的山脊，繚繞著細長的紫色雲彩。

在夏天，夜晚最好。月夜之美自不必多述。即使是幽闇的夜空（月亮未露臉），繁密的螢火蟲漫天飛舞也很美。或者就算只有零星的一兩隻流螢，微光點點，也別有一番風趣。如此的夜晚縱使下點雨也很不錯。

在秋天，黃昏最好。夕陽餘暉逐漸灑向山腰之際，烏鴉歸巢，或三四成隊或二三成行，展翅疾飛觸動人心。更別說那鴻雁結伴歸林，漸行漸遠成影成點，更別有一番景致。及至日落西沈風吹蟲鳴，這種動人情境自然不在話下。

在冬天，早晨最好。雪景之美自不必多述，有時落下光白寒霜，或是霜雪未下卻寒氣凜冽的早晨，匆匆起了火，拿了炭四處分送，也頗有冬季的氛圍。幾近中午日漸回暖，火盆中的炭火已成暗白灰燼，就不太有先前的美感了。

## 1) 「なかなか〜ません」の文型を用いて、文を完成させましょう。

例 辞書（じしょ）がないと、なかなか読（よ）めません。

❶ 事故（じこ）のせいで、電車（でんしゃ）が（出発（しゅっぱつ）します→　　　　　　）。

❷ 夜（よる）になると眠（ねむ）くて、本（ほん）が（読（よ）めます→　　　　　　）。

❸ みんなの意見（いけん）がバラバラで、結論（けつろん）が（出（で）ます→　　　　　　）。

## 2) 音声を聞いて、（　）の中を埋めましょう。 165

❶ 日本（にほん）には古典文学（こてんぶんがく）も、（　　）文学（ぶんがく）もあります。

❷ 「竹取物語（たけとりものがたり）」は日本（にほん）で一番古（いちばんふる）い（　　）です。

❸ （　　）時代（じだい）にも、たくさんの作品（さくひん）があります。

## 3) 会話音声を聞いて、正しければ○、間違っていれば×を入れましょう。

166 ❶（　　）　167 ❷（　　）　168 ❸（　　）

# 25

# なぜ日本人は漫画が好きなんですか。

## 為什麼日本人會那麼喜歡漫畫呢？

169 日本では、大人も子供も漫画をよく読みます。漫画が好きな人がとても多いです。理由は、日本の漫画のレベルが高いから、それに種類が多いから……といえるかもしれません。少年漫画、少女漫画の他に、大人向けの漫画雑誌も多数あり、週刊や月刊、その他を合わせて、日本で発行されている漫画雑誌は 200 を超えます。そんな熾烈な競争の中で生まれる作品なので、レベルが高くなったのではないでしょうか。

ここ十数年の現象としては、漫画がドラマや映画、ゲームの原作になる場合が増えています。また、日本のアニメーションも海外で高い評価を受け始めています。漫画やアニメなんて子供が見るものと決めつけず、素晴らしい作品がたくさんあるので、ぜひ見てみてくださいね。

---

**次の説明のうち、正しいものを一つ選びなさい。**

a 日本では、漫画は子供しか読みません。

b 日本では大人の中にも、漫画が好きな人がいます。

c 日本のアニメーション映画は、外国であまり評価されていません。

d 日本には、漫画雑誌が 50 誌ほどあります。

## 會話1

170

わあ、大(おお)きな段(だん)ボール箱(ばこ)ですね。

実家(じっか)から本(ほん)を送(おく)ってもらったんです。

何(なん)の本(ほん)を送(おく)ってもらったんですか。勉強(べんきょう)の本(ほん)ですか。

いいえ。小説(しょうせつ)とか漫画(まんが)とかです。

わあ、漫画(まんが)があるんですか。私(わたし)、日本語(にほんご)で漫画(まんが)を読(よ)んでみたかったんです。

じゃあ、1冊(さつ)、貸(か)してあげましょう。

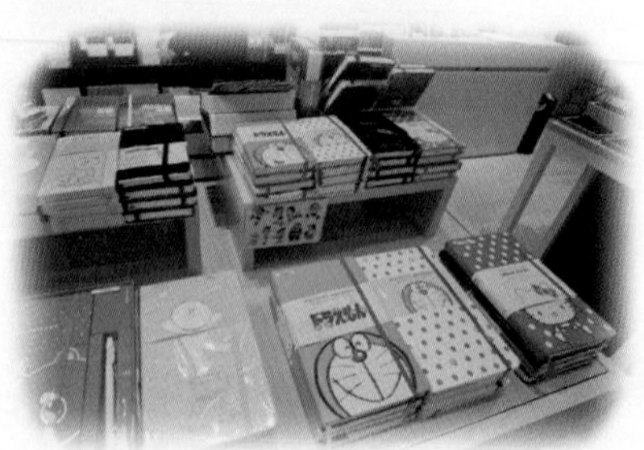

**とか**　「Nとか（N）」表示類似的人、物等等的列舉。

- 野菜(やさい)とか果物(くだもの)とかをいっぱい買(か)いました。

（買了一堆蔬菜啊，水果的！）

## 會話 2

171

あ、漫画(まんが)ですね？何(なん)という作品(さくひん)の漫画(まんが)ですか。

「ベルサイユのばら」です。

なんか聞(き)いたことがあります。

フランス革命(かくめい)を描(えが)いた、有名(ゆうめい)で面白(おもしろ)い作品(さくひん)です。

難(むずか)しくないですか。私(わたし)にも読(よ)めるでしょうか。

大丈夫(だいじょうぶ)ですよ、ぜひ一度(いちど)は読(よ)んでほしい作品(さくひん)です。

**V - ほしい**　以「て形＋ほしい」表示對他人的希望與要求。

- 明日(あした)の朝(あさ)、10時(じ)に来(き)てほしいです。
  （希望你明天早上10點來。）

# 日本漫畫

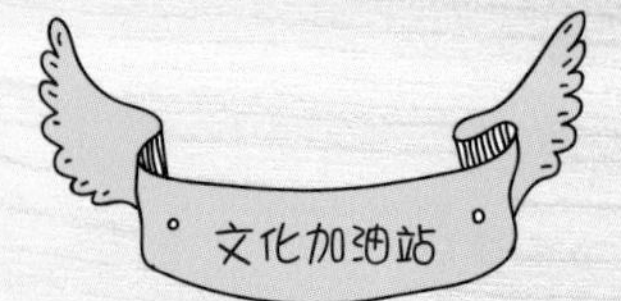

日本漫畫在台灣也很受歡迎，翻譯的數量也很多，喜愛漫畫的人應該看過不少吧？

像是《ワンピース》（海賊王）、《スラムダンク》（灌藍高手）等等。日本也有許多的連續劇是由漫畫改編，《コウノドリ》（天才婦科醫）、《東京タラレバ娘》（東京妄想女子）、《カンナさーん》（環奈小姐）等等不勝枚舉。也有電影改編自漫畫，如《海月姫》（海月姬）、《進撃の巨人》（進擊的巨人）等等。

學日文時，多看日文書是有助學習的，而漫畫有圖畫又有趣，可以提振學日文的興致，這不是一舉數得嗎？但是漫畫的類型眾多，有些內容的遣辭用字粗魯，也有過於口語化的問題等等。如果要利用漫畫學日文，要特別注意其用字遣辭的問題。如果你不能確定你從漫畫中學到的日文該用在哪一種場合才合宜，建議避免用漫畫來當成學日文的教材，漫畫還是純粹欣賞就好。

練習問題



## 1) 「～向け」を用いて、文を完成させましょう。

例 大人向けの漫画も多数あります。

❶ ここは、（女性）スポーツジムです。

→

❷ （老人）施設が、新しくできました。

→

❸ （若者）番組が、あまりありません。

→

## 2) 音声を聞いて、（　　）の中を埋めましょう。 172

❶ 日本の漫画は、（　　　）が高いです。

❷ このゲームの（　　　）は、漫画です。

❸ 日本のアニメーションは、海外で高い（　　）を受けています。

## 3) 会話音声を聞いて、正しければ○、間違っていれば×を入れましょう。

173 ❶（　　）　174 ❷（　　）　175 ❸（　　）

26

# 日本社会では、敬語ができないとダメですか。

## 在日本社會裡，一定要會敬語嗎？

176 敬語ができないと絶対にダメとは言えませんが、やはりきちんとした敬語が使えたほうがいいと思います。本当は相手に敬意を感じているのに、敬語を使わなかったせいで、それが相手に伝わらず、誤解される可能性があるからです。初対面の人や目上の人、仕事関係の人には、やはり敬語を使ったほうがいいでしょう。

## 日本社会では、敬語ができないとダメですか。

「日本語には敬語があるから苦手だ」という人も多いですよね？確かに、「食べます」を尊敬語の「召し上がります」や謙譲語の「いただきます」と言い換えたり、なかなか覚えられない表現もあります。でも、まずは難しく考えないで、簡単な敬語から使ってみてはいかがでしょう？初級日本語で習うような、語尾に「です」「ます」をつけたり、「お電話」「ご住所」のような、丁寧語をちょっと使うだけでもかまいません。

---

**！次の説明のうち、正しいものを一つ選びなさい。**

a 初対面の人には敬語を使ったほうがいいです。

b 日本人は誰に対しても、いつでも敬語を使います。

c 敬語を使うなら、必ず尊敬語と謙譲語を使わなければなりません。

d 仕事で特に敬語を使う必要はありません。

## 會話 1

177

この間(あいだ)のプレゼン、どうでしたか。

ああ、ティンティンのおかげでうまくいきました。

それはよかったですね。

忙(いそが)しいところ、たくさん手伝(てつだ)ってくれて、本当(ほんとう)にありがとうございます。

いいえ。気(き)にしないでください。困(こま)った時(とき)はお互(たが)い様(さま)です。

ティンティンも今度(こんど)、日本語(にほんご)で困(こま)ったことがあったら、遠慮(えんりょ)しないで言(い)ってくださいね。

**プレゼン**　外來語「プレゼンテーション」的略語。

## 會話 2

178

ゆりさん、今(いま)、時間(じかん)大丈夫(だいじょうぶ)ですか。

ええ、大丈夫(だいじょうぶ)ですよ、どうしたんですか。

すみませんが、この手紙(てがみ)を日本語(にほんご)に訳(やく)して、このアドレスにメールしてもらえませんか。

ええ、いいですよ。急(いそ)ぎですか。

ええ、すみません。できれば今日中(きょうじゅう)にお願(ねが)いします。

はい、わかりました。
今(いま)すぐやります。

**今日中に** 「今天之內」的意思。請注意「中」的讀音是「じゅう」。「中」如果讀「ちゅう」，表示期限，如：「今年中(ことしちゅう)」（今年之內）；而「中」的讀音是「じゅう」時，則變成「～範圍全部」，如：「世界中(せかいじゅう)」（全世界）「一日中(いちにちじゅう)」（一整天）。但是，「今日中(きょうじゅう)に」、「明日中(あしたじゅう)に」表示「在這期間、範圍內」之意，讀音是「じゅう」。

# 日本人對上級常使用敬語

工作上、跟年長者説話的場合經常使用敬語，在此介紹一些常用的敬語説法。除了下面的用法之外，各位可以多參考敬語例句書，或是網路的敬語網站。

| 想拜託別人時 | 恭敬度 |
|---|---|
| すみませんが（對不起） | ★★★☆☆ |
| 申し訳ありませんが（很抱歉） | ★★★★☆ |
| お差し支えなければ（若未妨礙到您） | ★★★★★ |
| ～ても構わないでしょうか（即使～也沒關係嗎？） | ★★★★☆ |
| 恐れ入りますが（真是不好意思） | ★★★★★ |
| ～てもよろしいでしょうか（即使～也可以嗎？） | ★★★☆☆ |
| ～ていただけませんか（可以承蒙～嗎？） | ★★★★☆ |
| 恐縮ですが（真是不好意思） | ★★★★★ |

| 想表達自己的意見時 | |
|---|---|
| 失礼ですが（很抱歉） | ★★★☆☆ |
| 差し出がましいようですが（請原諒我多嘴……） | ★★★★☆ |

## 想傳達感謝之意時

おかげさまで助(たす)かりました（真多虧有您幫忙） ★★★★☆

このご恩(おん)は一生(いっしょう)忘(わす)れません（大恩大德永生難忘） ★★★★★

~のおかげでうまくいきました（多虧有～事情圓滿完成） ★★★☆☆

たいへん勉強(べんきょう)になりました（受益良多） ★★★☆☆

## 想拒絕別人時

せっかくですが（有違您的好意） ★★★☆☆

あいにく都合(つごう)がつかなくて（真不巧我時間不太方便） ★★★★☆

## 想道歉時

すみません（對不起） ★★★☆☆

ごめんなさい（對不起） ★★★☆☆

申(もう)し訳(わけ)ございません（非常抱歉） ★★★★☆

お詫(わ)びの言葉(ことば)もございません（深表歉意） ★★★★★

## 1) 「～たほうがいいです」の文型を用いて、文を完成させましょう。

例 仕事関係(しごとかんけい)の人(ひと)には、敬語(けいご)を使(つか)ったほうがいいです。

❶ もっときれいな字(じ)で書(か)きます

→ ……………………………………

❷ 早(はや)く電話(でんわ)をします

→ ……………………………………

❸ 日本語(にほんご)の勉強(べんきょう)を続(つづ)けます

→ ……………………………………

## 2) 音声を聞いて、（　　）の中を埋めましょう。 179

❶ 初対面(しょたいめん)の人(ひと)や（　　）の人(ひと)には、敬語(けいご)を使(つか)いましょう。

❷ 日本語(にほんご)には敬語(けいご)がありますから、私(わたし)は少(すこ)し（　　）です。

❸ 尊敬語(そんけいご)の他(ほか)に（　　）というものがあります。

## 3) 会話音声を聞いて、正しければ○、間違っていれば×を入れましょう。

180 ❶（　　）　181 ❷（　　）　182 ❸（　　）

27

# 神社参拝ではマナーがありますか。

## 到神社參拜時，有什麼禮節嗎？

183 ただの建物見物として行くなら、マナーをあまり気にしなくていいと思います。でも、本当は少しだけルールやマナーがありますので、ぜひここで覚えてください。

まず鳥居をくぐる時は軽く一礼します。中の参道を通る時はできれば端を歩きましょう。道の中央は神様の通る道とされていますから。

次に、手水舎ではひしゃくで水をすくって手を清め、手のひらで水を受けて、その水で口を漱ぎましょう。ひしゃくに直接口をつけてはいけません。

参拝では、まずおじぎをして、鈴を鳴らし、お賽銭を静かに入れましょう。そして二礼（2回深くおじぎ）二拍手（手を二回打つ）一礼（再びおじぎ）します。おみくじをひいたら、よいくじは持って帰り、悪いくじは専用の結び所に結びます。絵馬は具体的な願い事を書いて神様に奉納します。

---

次の説明のうち、正しいものを一つ選びなさい。

a 参道は真ん中を歩きましょう。

b お賽銭は、大きな音を立てて入れましょう。

c 引いたくじは全部結び所に結んで、持って帰ってはいけません。

d ひしゃくに口をつけてはいけません。

## 會話1

184

うわあ、広い神社ですね。

ティンティン、ここ来るの初めてでしたっけ？

ええ。前まで来たことがありますけど、中に入るのは初めてです。

さあさあ、早く境内の方へ行きましょう。

あ、手水舎。ここで手を洗ったほうがいいんですよね？

そうですよ。そのひしゃくで水をすくって、手を洗うんですよ。

**っけ** 確認自己記不得的事，是隨和的口語語氣。

- ええっと、あの眼鏡をかけている女性、名前、何だっけ？
(嗯～，那個戴眼鏡的女士，名字是什麼來著？)

## 會話 2

185

ゆりさんは、参拝で手を打った時、どんなことをお願いしたんですか。

ふふふ、秘密です。ティンティンは？

祖母が今病気なので、早く治りますようにとお願いしました。

神様、願い事をかなえてくれるといいですね。

一生懸命お願いしたので、きっと大丈夫だと思います。

じゃあ、おみくじを引きに行きましょう。大吉が出ればいいですね。

**～ように**　後面接「希望する」「祈る」「願う」「望む」等等動詞，表示祈願。

- 好きな人と結婚できるように祈る。（希望能跟喜歡的人結婚。）

## 緊張萬分、捏把冷汗，在神社抽籤的體驗！

おみくじ

絵馬（えま）

賽銭箱（さいせんばこ）

鈴（すず）

神饌（しんせん）（お供（そな）え物（もの））

抽籤是為了占卜一年的運氣或應該要注意的地方。「大吉」或「凶」之類的字眼會大大地寫在籤紙上，所以我想大家應該都曾經看過。那麼，從好運到厄運一般來說為以下順序：

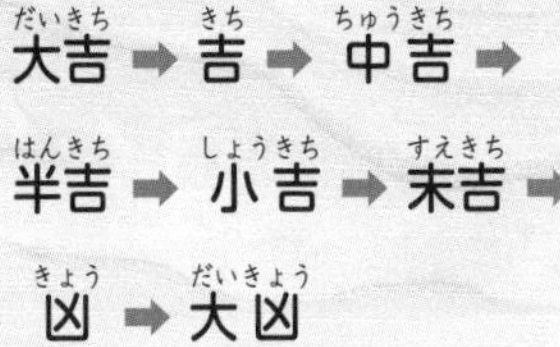


如果抽到不好的籤，就把它綁在神社指定的地方，然後才回家。

另外，參拜神社的時候，也有很多人會購買寫有「交通安全（こうつうあんぜん）」「恋愛成就（れんあいじょうじゅ）」「安産祈願（あんざんきがん）」「商売繁盛（しょうばいはんじょう）」等御守，來留做紀念，這也相當受到歡迎。當作禮物送給重要的人也非常適合。

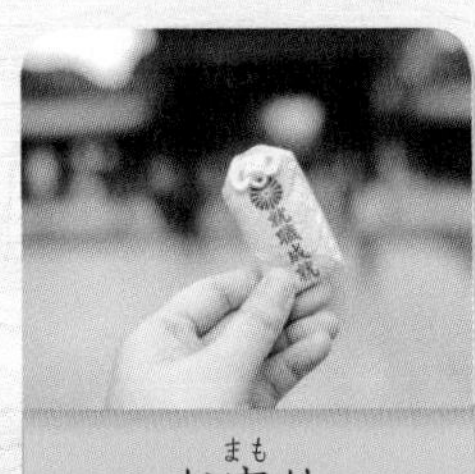
お守（まも）り

玉串（たまぐし）

巫女（みこ）

## 1) 強く願う時に用いる副詞「ぜひ」を使って、文章を完成しましょう。

例 ぜひ、ここで覚(おぼ)えてください。

❶ また日本(にほん)へ行(い)きたいです

→ ........................................

❷ いつか会(あ)いましょう

→ ........................................

❸ ハングルを勉強(べんきょう)します

→ ........................................

## 2) 音声を聞いて、（　　　）の中を埋めましょう。 186

❶ （　　）の建物見物(たてものけんぶつ)なら、気(き)にしなくていいと思(おも)います。

❷ 道(みち)の中央(ちゅうおう)は、神様(かみさま)の通(とお)る道(みち)（　）されています。

❸ 鈴(すず)を鳴(な)らしたら、まず深(ふか)く（　　　）します。

## 3) 会話音声を聞いて、正しければ○、間違っていれば×を入れましょう。

187 ❶（　　　）　188 ❷（　　　）　189 ❸（　　　）

# 28

# 日本人はどうして桜が大好きなんですか。

## 日本人為什麼那麼喜歡櫻花呢？

190 桜は日本を象徴する花ですが、日本人が桜を愛する理由は、それだけではなさそうです。その理由を改めて考えてみると、まず桜の花の美しさが日本人の心を引き付けるからです。桜の花びらに、純潔さや可憐さ、可愛らしさなどを感じる人が多いです。だからでしょうか、桜の花びらをモチーフにした小物が、日本ではたくさん売られていますよね？

次に、短命であることも魅力の一つかもしれません。今日は満開でも、風が吹いたり強い雨が降ったりすると、翌日にはもうすっかり散ってしまう桜の花。そこに、日本人は人生のはかなさを重ね合わせます。

最後に、桜は春の訪れを知らせてくれる、希望の象徴だからです。日本の冬はとても寒く厳しいので、日本人は春が来るのを待ち焦がれます。「春よ来い、早く来い」という歌詞の童謡もあるほどです。有名な名所以外にも、桜のきれいな所はいっぱいあるので、ぜひ行ってみてくださいね。

次の説明のうち、正しいものを一つ選びなさい。

a 日本人が桜を大好きなのには、あまり理由がありません。

b 有名な公園にしか、桜はありません。

c 桜は強い雨が降ると、すぐ散ってしまいます。

d 桜は冷たい雪をイメージさせる花です。

## 會話 1

191

このきれいな桜、台湾の家族に見せてあげたいです！

写メを撮って、送ってみては？

じゃあ、すみません、私と桜を一緒に撮ってくださいませんか。

そうですね。ご家族にティンティンの元気な顔も見せたいですよね。

この辺に立てばいいですか。

うーん、もう少し左に寄って……。あ、そこで止まって。はい、チーズ。

**はい、チーズ** 日本人要按下快門時的用語。據說是因為要發「チーズ」的「チ」時，嘴形容易順勢做出笑容。也有人會說「1足す1は？2（に）」。

## 會話 2

192

たくさんの人がお花見をしていますね。

ここはさくらの名所ですからね。

まるでお祭りのようなにぎやかさですね。

私たちも早く場所を取って、お弁当を開きましょう。

あ、あそこの人たち、<u>帰ろうとして</u>いますよ。

じゃ、あそこに。ゆっくり桜を見ながら、食事しましょう。

**帰ろうとする**　「V（よ）う＋とする」表示動作或是變化即將要開始。

- お風呂に入ろうとした時に、母から電話がかかって来た。

（正要洗澡時，我媽媽打電話來。）

# 櫻花綻放前線

不知道大家有沒有聽過櫻花開花程度的用語？像是「桜前線」（櫻花綻放前線）、「三分咲き」（開三分）或是「五分咲き」（開五分）之類的。

日本每年都會公告「桜の開花予想」，提供民眾預估櫻花綻放日期，以及盛開日期等等資訊，提供民眾掌握最佳賞櫻時間點，換句話說就是櫻花最美的時間。「三分咲き」及「五分咲き」則是櫻花含苞待放時的程度。

這些字彙每一個都確切地呈現日本人滿心期待櫻花綻放的證據，日本人熱切地、深深愛著櫻花，連發新芽、花苞綻放的瞬間，都完全不想錯過。

「**櫻花綻放前線**」可以參考：http://sakura.weathermap.jp/

**櫻花開花相關用語**

| | |
|---|---|
| 満開 | 約 80% 櫻花綻放。 |
| 見ごろ | 觀察標的櫻花樹約開了 5 ～ 6 朵。 |
| 開花 | 觀察標的櫻花樹約開了 50 朵。 |
| 標準木 / 標本木 | 觀察標的櫻花樹。 |

## 1) 受け身動詞を使って、事実を描写した文を作ってみましょう。

例 桜(さくら)をモチーフにした小物(こもの)が、日本(にほん)ではたくさん<u>売(う)られています</u>。

❶ 日本(にほん)では、生(なま)の食(た)べ物(もの)がよく（食(た)べる→　　　　）。

❷ 本校(ほんこう)の学生食堂(がくせいしょくどう)は、あまり（利用(りよう)していない→　　　　　　）。

❸ ここ数年(すうねん)、あちこちで高層(こうそう)ビルが（建(た)てている→　　　　　）。

## 2) 音声を聞いて、（　　）の中を埋めてみましょう。 193

❶ 日本(にほん)には「春(はる)よ（　　　　）、早(はや)く（　　　　）」という歌詞(かし)の童謡(どうよう)があります。

❷ 桜(さくら)の（　　　　）は、全国(ぜんこく)にあります。

## 3) 音声を聞いて、正しければ〇、間違っていれば×を入れましょう。

194 ❶（　　　）　195 ❷（　　　）　196 ❸（　　　）

# 29 「わび」「さび」ってどういう意味ですか。

## 「わび」(侘)跟「さび」(寂)是什麼意思呢？

197 日本文化の特色を説明する時に、この２つの言葉をよく同時に耳にした方も多いんじゃないでしょうか。「わび」も「さび」も日本人の美意識を表現する言葉で、一般的には質素で静かな感じの様子を指します。

「わび」は、簡素で、足りないように感じるくらいシンプルな状態です。例えば日本の茶道の茶室などは装飾が少なく、さっぱりしています。外国の方には物足りなく感じる空間が、日本人には居心地よく感じることがあります。

「さび」は閑寂さや古くなって劣化したものの中に奥深さがある状態です。新しくて華やかなものより、汚れていて古い骨董品に味わいを感じるような感覚です。散りゆく桜、落ち葉、苔に覆われた岩……など、自然界の風景でも、生き生きしたものより、むしろ命が終わる様子に感動する心が「わび」「さび」です。

次の説明のうち、正しいものを一つ選びなさい。

a 日本文化を説明する時、「わび」と「さび」はよく一緒に使われます。

b 日本人は、古いものより 新 しいものが何でも好きです。

c 静かなものを「わび」とは言いません。

d 自然界には「わび」「さび」に通じるものがありません。

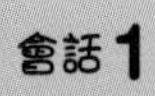

ゆりさん、今度（こんど）お茶（ちゃ）のお稽古（けいこ）を見学（けんがく）させてください。

もちろんいいですけど、どうしたんですか。急（きゅう）に。

最近（さいきん）、日本（にほん）の伝統文化（でんとうぶんか）に興味（きょうみ）がわいてきたんです。

伝統文化（でんとうぶんか）<u>というと</u>、例（たと）えば？

お茶（ちゃ）もそうですし、歌舞伎（かぶき）とか能（のう）とか……。

**～というと**　「提到～、說到～」，用於接過某話題，口語中使用「っていうと」。

## 會話 2

199

先週（せんしゅう）は、お茶（ちゃ）のお稽古（けいこ）を見学（けんがく）させてくださり、ありがとうございました。

どうでしたか。ためになりましたか。

お茶室（ちゃしつ）がとても簡素（かんそ）なので、少し（すこ）意外（いがい）でした。

それが、いわゆる「わび」「さび」の心（こころ）です。

ゆりさんのおかげで、日本（にほん）の心（こころ）が少（すこ）しわかってきました。

**ためになる**　慣用句，「有利益、有幫助」的意思。

- 甘（あま）やかすことは、子供（こども）のためにならないから、やめましょう。
（寵小孩對小孩沒有幫功，別這麼做！）

# 世界一流的傳統藝術表演

日本人自古以來重視的美學意識、人生觀、價值觀、家庭觀等等，都可以從傳統藝術表演之中看出端倪。為了更加深入了解日本文化，有機會一定要一窺其深度的奧秘。即使沒有特別走進劇場，也可以在電視中欣賞表演的現場轉播。

在此將介紹能劇、狂言、歌舞伎、文樂等四種傳統藝術表演，希望能讓大家了解其中的差異。

**能**

一般稱之為「能舞台」，是在簡單木板舞台上演出的舞台劇。主要的題材是日本古往今來的神話及故事，演出的內容以悲劇居多。演出時會帶著「能面」的面具。

**狂言**

基本上狂言在演出時不會使用「お面」（面具）。與能劇不同，狂言的題材大多是一般庶民的日常生活，以及人們滑稽的模樣，以能讓觀眾發笑的內容居多。

**歌舞伎**

跟能劇、狂言不同，採用非常華麗的舞台及服裝。據説歌舞伎源自於「安土桃山時代」一位名為「出雲お国」的女性的舞蹈，不過為了維持風紀及秩序，後來演出者僅限男性。化了濃濃的妝之後，男性們會分演許多不同的角色。

**文楽**

也稱之為「人形 浄瑠璃」，屬人偶劇。這種表演藝術由被稱為「人形 遣い」（傀儡師）的人，以三人一組的方式操控一尊人偶進行表演。其他構成舞台的要素還有負責説故事的「太夫」，以及負責音樂的「三味線方」。

## 練習問題

### 1) 「〜より、むしろ〜」の文型を使って、文を完成させてみましょう。

例 生き生きしたものより、むしろ命が終わる様子に感動しやすいです。

❶ 焼き肉　<　お寿司　　食べたい

→ ……………………………………

❷ 慰め　<　お金の援助　　彼のためになる

→ ……………………………………

❸ 地震　<　津波　　怖い

→ ……………………………………

### 2) 音声を聞いて、（　　）の中を埋めましょう。 200

❶ この２つの言葉をよく（　　　）にします。

❷ 日本の茶室は、（　　　）が少ないです。

❸ 「わび」も「（　　　）」も、日本文化の独自性を象徴しています。

### 3) 会話音声を聞いて、正しければ○、間違っていれば×を入れましょう。

201 ❶（　　　）　202 ❷（　　　）　203 ❸（　　　）

# 30 日本にはプロ棋士がいるそうですが、囲碁ですか、将棋ですか。

## 日本似乎有專業棋士，那是指圍棋，還是將棋呢？

04 日本には、将棋にも囲碁にもプロがいます。将棋のプロ棋士になるには、奨励会（棋士養成機関）に入会しなければなりません。そこで三段になるとリーグ戦に参加でき、上位2位が四段となり、プロ棋士となります。プロ棋士になると、タイトル戦や公式棋戦に参加できます。

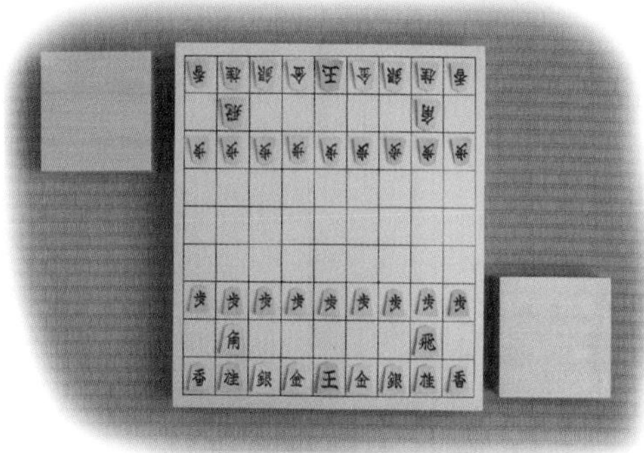

囲碁のプロ棋士になるためには、まず日本棋院や関西棋院の院生になるのが一般的です。でも、この中でプロ棋士になれる人は、一年間に 10 人に満たないくらいで、正に狭き門です。将棋と同じく、プロになったらタイトル戦に参加できます。女性でもプロ棋士になることは可能ですが、現在は囲碁も将棋もまだ女性のプロ棋士はいません。（奨励会で四段昇段を果たした女性がいないのです）

最近では、未成年のプロ棋士が誕生したり、A.I.（人工知能）と人間が勝負したり、将棋や囲碁が注目されることが多いです。

---

次の説明のうち、正しいものを一つ選びなさい。

a 女性はプロ棋士になれません。

b プロ棋士になることは簡単です。

c 日本には、プロの将棋棋士や囲碁棋士がいます。

d プロじゃなくても、タイトル戦に参加できます。

## 會話1

205

ゆりさん、来週の日曜日、何か予定がありますか。

毎週、日曜日は教会に通っていますが、どうしたんですか。

実は、日本の将棋を教えてもらえないかな、と思って。

え？将棋ですか。

お土産で将棋の駒をもらったので、習ってみたいと思ったんです。

じゃ、日曜日の午後はいかがですか。

私はかまいません。楽しみにしています。

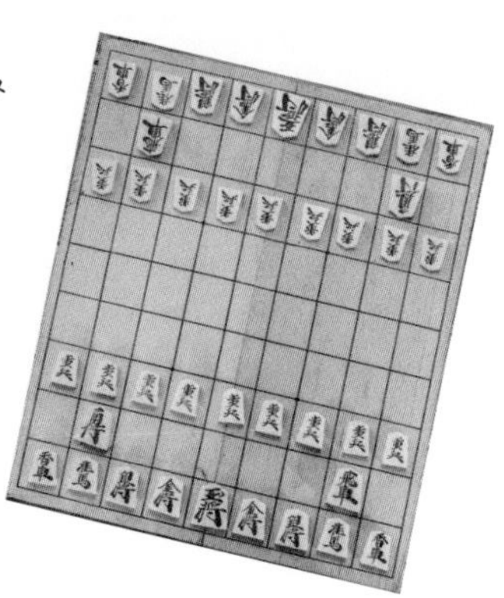

**ぶり**　「隔了～之後又～」的意思，如：「3日ぶり」（隔了三天）

## 會話 2

206

日本(にほん)の将棋(しょうぎ)は面白(おもしろ)いですね。

あれから、よくやっているんですか。

ええ。ネットのゲームですけど。毎日(まいにち)やっています。

毎日(まいにち)？だいぶ上達(じょうたつ)したんじゃないですか。

いいえ、まだまだです。<u>下手(へた)の横好(よこず)き</u>です。本(ほん)も買(か)って勉強中(べんきょうちゅう)です。

ずいぶん熱心(ねっしん)ですね。今度(こんど)一局(いっきょく)指(さ)しましょう。

**下手の横好き**　很喜歡～，但是不擅長。這裡指的是說話者很喜歡日本象棋，是下得不好的意思。

# 職業棋士

文化加油站

因為是職業，職業棋士們下將棋或圍棋時當然會有收入。不過這些收入究竟有多少呢？

將棋和圍棋一樣是實力定天下，收入依跟誰比賽獲勝而異，但基本上棋士們的收入是基本薪資＋對弈費＋頭銜戰獎金。

據說職業將棋棋士的平均年收入不到 1 千萬左右。這其中也有像贏得頭銜戰的七冠王職業棋士羽生善治般，年收入超過一億日圓（1995 年）的棋士。

圍棋方面，棋士的年收入幾乎約在 200-300 萬日圓，但也有一年內獲得超過 6 千萬日圓獎金的棋士。

然而，像剛成為職業棋士的年輕棋士，即使參加頭銜戰，若一戰就輸，賽局結束後並不會領到對弈費。當然也別期望會領到獎金。為此，在教室指導學生，當企業之類的圍棋社團顧問等等，以兼差的方式應付生活開支的棋士也不少。畢竟是以收入來反映實力的嚴苛社會。

## 將棋的八大頭銜戰

| 棋戰名 | 主辦、贊助、後援 |
|---|---|
| 竜王戦（りゅうおうせん） | 読売新聞 |
| 名人戦（めいじんせん） | 毎日新聞 |
| 叡王戦（えいおうせん） | ドワンゴ（DWANGO Co., Ltd.） |
| ヒューリック杯棋聖戦（はいきせいせん） | 産経新聞、ヒューリック（Hulic Co., Ltd.） |
| 王位戦（おういせん） | 新聞三社連合、神戸新聞、徳島新聞 |
| 王座戦（おうざせん） | 日本経済新聞 |
| 棋王戦（きおうせん） | 共同通信 |

| | |
|---|---|
| 王将戦 | スポーツニッポン新聞・毎日新聞<br>（日本運動畫報、毎日新聞） |

在頭銜戰中有頭銜保持者，大約有 1 年的淘汰賽及聯盟賽來決定頭銜戰挑戰者。接著舉行頭銜保持者和挑戰者七場或五場的勝負賽（依頭銜戰而異），獲勝者就可成為新的頭銜保持者。

## 圍棋七大頭銜戰

| 棋戰名 | 主辦、贊助、後援 |
|---|---|
| 棋聖戦 | 読売新聞 |
| 名人戦 | 朝日新聞 |
| 本因坊戦 | 毎日新聞<br>大和証券グループ |
| 王座戦 | 日本経済新聞 |
| 天元戦 | 新聞三社連合 |
| 碁聖戦 | 新聞囲碁連盟 |
| 十段戦 | 産経新聞 |

其中「棋聖戦・名人戦・本因坊戦」稱為三大棋戰。

規則依頭銜戰而異，但多數頭銜戰，其預賽採淘汰賽的方式，約要花 2 年的時間。

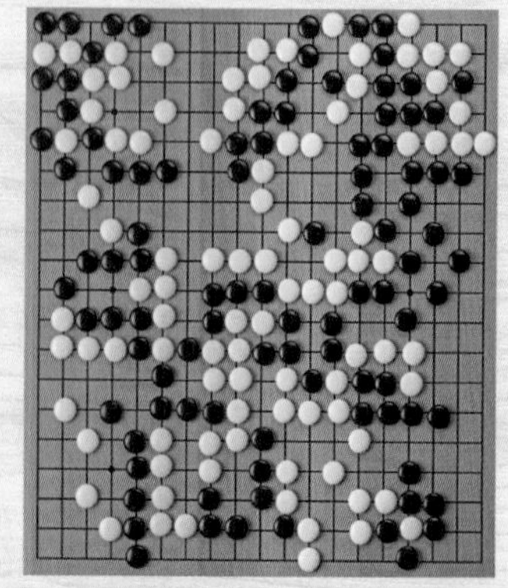

## 1) 「～と同じく」を用いて、文を完成させましょう。

例 将棋(しょうぎ)と同(おな)じく、囲碁(いご)も厳(きび)しい世界(せかい)です。

❶ 日本(にほん)／台湾(たいわん)も島国(しまぐに)です

→ ………………………………

❷ 茶道(さどう)／華道(かどう)も日本(にほん)の伝統文化(でんとうぶんか)です

→ ………………………………

❸ 昨日(きのう)／今日(きょう)も寒(さむ)くなりそうです

→ ………………………………

## 2) 音声を聞いて、（　　）の中を埋めましょう。 207

❶ （　　）棋士(きし)になれるのは、ほんの一部(いちぶ)の人(ひと)です。

❷ 一年間(いちねんかん)（　）10人(にん)に満(み)たないくらいです。

❸ A.I. と人間(にんげん)が（　　　）します。

## 3) 会話音声を聞いて、正しければ○、間違っていれば×を入れましょう。

208 ❶ （　　）　209 ❷ （　　）　210 ❸ （　　）

## 質問1　P. 11

本文　正解 b

▶1

❶ 島とは、周りを海で囲まれた陸地のことです。

❷ 獲れたてとは、魚介類や農作物を収穫したばかりのことです。

❸ 日程表とは、一日にすることをまとめた表のことです。

▶2

❶ この島では、マリンスポーツや（キャンプ）ができます。

❷ 日本には、（実は）島がたくさんあります。

❸ 来月、出張（で）東京に行く予定です。

▶3

❶ 女：早く！早く！船が出ちゃいますよ！

男：大丈夫。ここに 10 時 20 分出航って書いてあるから。

★ 今、10 時 18 分です。出航まであと 2 分あります。（○）

❷ 女：淡路島までどうやって行くんですか。

男：神戸からバスに乗って、明石海峡大橋を渡って行きます。

★ 淡路島へは、船で海を渡って行きます。（×）

❸ 男：神戸に遊びに行って来たんですか。

女：ええ。これ、お土産です。ぜひ召し上がってください。

★ お土産は、食べ物です。（○）

## 質問2　P. 17

本文　正解 d

▶1

❶ ヨーロッパよりアジアのほうが物価が安いです。

❷ ここよりあそこのほうが涼しいです。

❸ 新幹線より飛行機のほうが早く着きます。

▶2

❶ 日本の大きさは、台湾のほぼ（10 倍）です。

❷ ドイツは皆さんにも（親しみ）のある国です。

❸ 日本の（北）から（南）までの長さは、3000 キロメートル余りです。

▶ 3

❶ 女：日本と韓国と、どちらのほうが人口が多いですか。
男：日本は一億人を超えていますが、韓国はそんなに多くないです。
★ 日本より韓国のほうが人口が多いです。（×）

❷ 女：この間、ドイツ、フランス、スイスに行ってきました。
男：うわあ、いいなあ。
★ 女の人は、ヨーロッパに行ってきました。（○）

❸ 女：いつか、台湾を自転車で一周してみたいなあ。
男：日本の 10 分の 1 ほどの大きさだというけれど、きっと大変だよ。
★ 台湾の面積は、日本の約 10 分の 1 です。（○）

## 質問 3 P. 23

本文　正解 b

▶ 1

❶ 九州というと、豚骨ラーメンを思い出します。
❷ 渋谷というと、スクランブル交差点が有名ですね。
❸ 冬のグルメというと、やはり鍋料理です。

▶ 2

❶ 法令では、東京を日本の（首都）と定めていません。
❷ 周辺地域をまとめて（首都圏）と呼んでいます。
❸ 東京には、（区）が全部で 23 あります。

▶ 3

❶ 男：私は東京にまだ行ったことがないんです。
女：え、私もなんです。今度一緒に行きませんか。
★ 2 人とも、東京に行った経験がありません。（○）

❷ 女：この辺は今はこんなに賑やかですけど…。
男：昔は空き地や田んぼがありましたよね。
★ ここは、以前そんなに賑やかではありませんでした。（○）

❸ 男：下町の温かい人情っていいですよね。
女：ええ。食べ物も安くておいしいし、家賃も安いし。
★ 下町に住むと、お金がたくさんかかります。（×）

## 質問 4 P. 29

本文　正解 b

▶ 1

❶ 弟は初めて一人暮らしをして、今とても寂しがっています。
❷ どうしたの？プレゼントをもらったのに、あまり嬉しがっていないですね。（or 嬉しがっていませんね）

❸ あんなに嫌がった（or 嫌がっていた）のに、行くことにしたんですか。

▶ 2

❶ 日本では、旧暦を（めったに）使いません。

❷ 現代日本人にとって旧暦は馴染みが（薄い）ものです。

❸ 端午の節句などは、（もともと）中国から伝わりました。

▶ 3

❶ 男：先生は、何年生まれですか。
女：1966 年生まれです。昭和 41 年です。

★ 先生は大正 41 年生まれです。（×）

❷ 女：日本ではいつから旧暦を使わなくなったんですか。
男：明治からですが、実は昭和のはじめ頃まで旧正月を祝っていました。

★ 日本では今も旧正月を祝います。（×）

❸ 男：台湾のカレンダーには 2 種類の日付けが書いてありますね。
女：ええ、この小さいほうの数字が、旧暦の日付けです。

★ 台湾のカレンダーでは、新暦の日付けは、大きい数字で書かれてあります。（○）

## 質問 5 P. 35

本文　正解 a

▶ 1

❶ 本を何冊か買います。

❷ お金を何万円か貸してください。

❸ 先生に何回かお電話しました。

▶ 2

❶ 箸渡しは（縁起）が悪いので、やめましょう。

❷ 食べ終わった時には（ごちそうさま）という習慣があります。

❸ その国の食事（マナー）を尊重しましょう。

▶ 3

❶ 男：あ、縁起が悪いからやめなさい。
女：あら、本当。ごはんの上にお箸を突き刺してる…

★ これを「寄せ箸」といいます。（×）

❷ 男：ああ、もうお腹いっぱい。ごちそうさまでした。
女：おいしかったですね。私もごちそうさま。

★ 2 人は今から食事を始めます。（×）

❸ 男：私、フォークやナイフの使い方が下手で…
女：日本人はやっぱりこれですね。どうぞ、これを使って召し上がってください。

★ 女の人は、お箸を使うよう勧めました。（○）

## 質問6　P. 42

本文　正解 b

▶1

❶ この帽子は、ハロウインの仮装にぴったりです。

❷ 彼の作った曲は、結婚式にぴったりです。

❸ あの茶色い棚は、このスペースにぴったりです。

▶2

❶ 稲荷寿司は、台湾の（コンビニ）でもよく売っています。

❷ 皆さんもよく（ご存知）ですよね。

❸ 日本の家庭では、お寿司の（出前）を取ることがあります。

▶3

❶ 男：日本料理の中で、一番好きなものは何ですか。
　女：おそばやラーメンもいいけど…やっぱりお寿司でしょうか。

★ 女の人が一番好きなのは、ラーメンです。（×）

❷ 女：今度のパーティーで、どんな料理を出しましょうか。
　男：お寿司とかピザとか、とにかく見た目が豪華に見えるものがいいです。

★ 今度のパーティーでは、味を重視して料理を選びます。（×）

❸ 男：このお店のお寿司は、どれも獲れたてのネタを使っているんですよ。
　女：お寿司は鮮度が一番っていいますものね。

★ このお店では、新鮮な魚や貝を使って、お寿司を作っています。（○）

## 質問7　P. 49

本文　正解 b

▶1

❷ 朝食を食べずに、学校に行きます。

❹ 事前に連絡せずに、友達に会いに行きます。

❺ 理由をはっきり言わずに、誘いを断りました。

▶2

❶ 煎茶は（緑）茶の一種です。

❷ お茶の（産地）といえば、静岡県が有名です。

❸ ビタミンCが含まれていて、体（に）いいです。

▶3

❶ 男：お医者さんに、コーヒーを飲むのを止められました。
　女：日本茶がいいですよ。体にいい成分がたくさん入っていますから。

★ 日本茶は、健康的です。（○）

❷ 男：緑茶って、冷やして飲んでもおいしいものですか。

女：もちろんです。夏は冷やして飲むとおいしいですよ。

★ 緑茶は冷たくしても、おいしいです。（○）

❸ 女：静岡県に遊びに行って来ました。これ、お土産のお菓子です。

男：え、静岡なのに、お土産はお茶じゃないんですか。

★ お土産はお茶でした。（×）

## 質問 8 P. 55

本文　正解 d

▶ 1

❶ 田中さんという人を知っていますか。

❷ 紅白歌合戦という番組を見るつもりです。

❸ 永楽食堂という店に来てください。

▶ 2

❶ 日本では、麺を音を出して食べても（平気）です。

❷（四国）の香川県は、うどんで有名です。

❸ うどん（ツアー）を組んで、食べに行く人もいます。

▶ 3

❶ 男：早く日本に帰りたいなあ。

女：そうだね。おいしいそばを音を立てて食べたいね。

★ 2人は、今、日本にいます。（×）

❷ 女：ご出身地、おそばが有名な所だそうですね。

男：ええ、信州そばと言って、昔から有名なんです。

★ 男の人は、長野県出身です。（○）

❸ 女：岩手のわんこそばって、小さいお椀に入ってるそうですね。

男：ええ、だから何杯でも食べられるんですよ。

★ わんこそばは、おかわりをしながら食べます。（○）

## 質問 9 P. 62

本文　正解 a

▶ 1

❶ このお酒はそれほど強くないです。

❷ 私のチームはそれほど弱くないです。

❸ 日本の物価はそれほど高くないです。

▶ 2

❶ 泡盛は、沖縄（特産）のお酒です。

❷ 法律で、（20 歳）未満の飲酒は禁止されています。

❸ デート中、おしゃれなバーで（カクテル）を飲みました。

▶ 3

❶ 女：ワイン、日本酒、ビール…今日は何を飲みましょうか。

男：まずはビールで乾杯しましょう。

★ この人たちは、まずビールを飲むことにしました。（○）

❷ 男：さあ、皆さん、グラスを持って。乾杯！
女：はーー！おいしい。喉が渇いていたから、全部飲み干しました。

★ 女の人のグラスには、お酒がまだ残っています。（×）

❸ 男：ビールの他に、料理もたくさん注文して。
女：串焼きと焼きおにぎりと、ポテトサラダも。

★ お腹いっぱいなので、お酒以外注文しませんでした。（×）

## 質問 10　P. 69

本文　正解 b

▶ 1

❶ 人によって、考え方はそれぞれです。

❷ 性別によって、組を分けられました。

❸ 機種によって、値段が全然違います。

▶ 2

❶ 着物は結婚式、成人式、大学や短大の（卒業式）に着ます。

❷ 着物は、（手入れ）が大変です。

❸ 素材によって値段は（ピン）から（キリ）まであります。

▶ 3

❶ 男：うわあ、きれいですね。着物、よく似合っていますよ。
女：隣のおばさんが着付けを手伝ってくれたんです。

★ 女の人は、一人で着物を着られます。（×）

❷ 男：去年の成人式、何着て行った？
女：着物はいろいろお金がかかるから、スーツで行ったよ。

★ 女の人は、大学の卒業式にスーツで行きました。（×）

❸ 女：日本にいるうちに、絶対浴衣を着てみたいです。
男：うちの姉のでよかったら、貸してあげるよ。

★ 男の人のお姉さんは、浴衣を持っています。（○）

## 質問 11　P. 75

本文　正解 c

▶ 1

❶ 先生は明日休むそうです

❷ 台風で休校だそうです。

❸ 山田さんは来ないそうです。

▶ 2

❶ 黒色の服は、結婚式や（お葬式）で着ます。

❷ フォーマルウエアじゃなくて、（普段着）でも黒の服を着るのが好きです。

❸ TPO（に）合った色の服を着ましょう。

▶ 3

❶ 女：ああ、今日着ていく服が決まらない！

男：おめでたいパーティだから、こっちの派手な色のほうがいいよ。

★ 女の人は紺色の服をやめて、オレンジ色の服を着ることにします。（○）

❷ 女：黒というと、どんなことを連想しますか。

男：うーん、真面目だとか高貴だとか…。

★ 黒は温かさをイメージする色です。（×）

❸ 男：TPO ってよく聞く言葉ですが、T って何ですか。

女：T はタイム、P はプレイスです。

★ P は時間を表します。（×）

## 質問 12 P. 81

本文　正解 d

▶ 1

❶ 日本全体が不景気なわけではない。

❷ 毎日残業するわけではない。

❸ いつも忙しいわけではない。

▶ 2

❶ 日本社会、（特に）ビジネスの世界で考えられています。

❷ お化粧することは、マナーの（一つ）です。

❸ 化粧品（メーカー）がサンプルを配ります。

▶ 3

❶ 男：どうしたんですか。今日は少し顔色が悪いですよ。

女：寝坊して、お化粧せずに会社に来てしまったんです。

★ 女の人は、素顔のままで出勤しました。（○）

❷ 男：いつもお化粧に何分くらい時間をかけますか。

女：私はいつも早いですよ。10 分もかかっていないと思います。

★ 毎日のメイク時間は、だいたい 12 分くらいです。（×）

❸ 男：これ、要りません？化粧品会社にもらったサンプルなんですが。

女：うーん、すみません、私の肌には少し明るすぎる色なので・・。

★ もらったサンプルは、肌の色に合いませんでした。（○）

## 質問 13 P. 87

本文　正解 a

▶ 1

❶ どんどん　❷どんどん　❸だんだん

▶ 2

❶ （スペース）の節約のために、着ない服は片付けます。

❷（一般的）に衣替えは年に2回行います。

❸ 夏服は、冬の間、箱に入れて（押入れ）などに収納します。

▶ 3

❶ 女：まだセーターを着ているんですか。みんなもう半袖ですよ。

男：ええ、やっぱりちょっと暑かったです。セーターはもうしまおうと思います。

★ 今、季節は冬です。（×）

❷ 女：ああ、タンスの中がいっぱいで服がしまえない！

男：コートとか今着ない服は、押入れにしまえばいいよ。

★ タンスにはまだスペースがあります。（×）

❸ 男：くしゅん！ああ、風邪をひいたかもしれません。

女：そんな薄着をしていたら当然です。早くもう1枚何か羽織って。

★ 服をたくさん着ていなかったので、くしゃみをしました。（○）

## 質問14 P. 95

本文　正解 a

▶ 1

❶「裸の付き合い」をすると、すぐ友達になれます。

❷ ここにお金を入れると、切符が出て来ます。

❸ 案内所へ行くと、詳しく教えてもらえます。

▶ 2

❶ 日本には温泉地が（3000）以上あります。

❷（タオル）などを湯船に浸けてはいけません。

❸ 温泉も（銭湯）も、日本の文化の一つです。

▶ 3

❶ 男：雪を見ながら、温泉のお湯に浸かって、最高ですね。

女：お湯から出たら、たくさん服を着て、風邪をひかないようにしてください。

★ 今、季節は暑い夏です。（×）

❷ 女：お客さん、いっぱいいますね。

男：ここの温泉は、神経痛や皮膚病にいいらしいですよ。

★ 病気を治すために、温泉を訪れる人もいます。（○）

❸ 男：せっかく温泉に来たんだから、もっとゆっくりしたいなあ。

女：残念！今夜一泊して、明日のうちには東京へ帰らないと。

★ 今晩、この温泉地に泊まります。（○）

## 質問15　P. 101

本文　正解 c

▶ 1

❶ 英語が苦手です。
❷ 漢字を書くの（こと）が苦手です。
❸ 人前で話すの（こと）が苦手です。

▶ 2

❶ 歌舞伎や（能）は、日本の伝統芸能です。
❷ 茶道や（華道）でも、正座をします。
❸ 正座（に）慣れた人だと、足はあまりしびれません。

▶ 3

❶ 男：椅子の生活と、畳の生活と、どっちが好きですか。
　女：私は日本の古い生活文化が好きなので、やっぱり…。
★ 女の人は、畳の生活のほうが好きです。（○）
❷ 女：歌舞伎を見に行ったことがありますか。
　男：いいえ。歌舞伎も能も、見たことがないです。
★ 男の人は、能だけ見たことがあります。（×）
❸ 女：剣道の先生に、正座の姿勢が悪いって怒られちゃった。
　男：たしかにちょっと背中が曲がってるよ。もっと伸ばして。
★ 正座する時、背中を丸く丸めたほうがいいです。（×）

## 質問16　P. 107

本文　正解 d

▶ 1

❶ せっかく台湾から来たのに、日本料理を食べていません。
❷ せっかく日本語を一生懸命練習したのに、全然使っていません。
❸ せっかくお金を貯めたのに、全部盗られてしまいました。

▶ 2

❶ 床の間にいちばん近い場所は、（上座）と言います。
❷ 季節の（雰囲気）に合ったものを飾りましょう。
❸ 床の間は、芸術品などを置いてお客様を（もてなす）空間です。

▶ 3

❶ 女：先生がもうすぐ到着されます。どこに座っていただきましょう？
　男：もちろん上座に。入口の近くは、僕が座りますね。
★ 先生は、入口から一番近い場所に座ります。（×）
❷ 男：桜の絵の掛け軸、素敵ですね。
　女：春らしさを感じていただきたくて、飾りました。
★ 置物が飾られています。（×）

❸ 男：椅子やソファーじゃなく、畳に直接座るのって心が落ち着きますね。
女：ええ、私も椅子より畳の生活のほうが好きなんです。
★ 2人とも和室がいいと言っています。（○）

## 質問 17　P. 113

本文　正解 d

▶ 1

❶ パーティで歌を歌ったり踊ったりしました。
❷ 昨日先生と、日本語について討論したり、旅行のことを話したりしました。
❸ これから家に帰って、勉強したりお風呂に入ったりするつもりです。

▶ 2

❶ 春といえば、新しい（スタート）の時です。
❷ （昼間）の桜もきれいですが、夜桜も違った味わいがあります。
❸ ひな祭りは、（3）月（3）日に祝います。

▶ 3

❶ 男：先生、3年間お世話になりました。
女：卒業おめでとう。大学生になっても、頑張ってね。
★ これは、友達どうしの会話です。（×）

❷ 男：ああ、春から大阪勤務になっちゃったよ。
女：ええ？去年4月、東京に転勤したばっかりなのに？また？
★ 東京では、1年しか勤務していません。（○）
❸ 男：入社式に着ていくスーツ、これでいいかな？
女：新入社員らしく、フレッシュな感じでいいと思うよ。
★ 2人は、入社試験について話をしています。（×）

## 質問 18　P. 119

本文　正解 c

▶ 1

❶ 校長先生のお話はいつも長めです。
❷ お肉を大きめに切ってください。
❸ 私は熱めのお湯が好きです。

▶ 2

❶ 日本の夏には（わくわく）する行事がたくさんあります。
❷ 日本の学校の夏休みは、台湾の夏休みに比べて（短め）です。
❸ 7月20日から8月（末）までです。

▶ 3

❶ 女：今年の夏、どこかへ遊びに行く予定は？
男：海外に行きたいと思っています。

★ 男の人は、外国へ遊びに行こうと思っています。（○）

❷ 女：明日の花火大会、何時にどこで待ち合わせする？

男：駅前は人が多いだろうから…別の所にしよう。

★ 2人は、駅前で待ち合わせをします。（×）

❸ 女：青森のねぶた祭りに行きたいです。

男：8月2日から始まりますよ、一緒に行きましょう。

★ ねぶた祭りは、8月5日から始まります。（×）

## 質問 19 P. 125

本文　正解 a

▶1

❶ あんなに汚れていた服が、洗濯をしてきれいになりました。

❷ 1年で子供がとても大きくなりました。

❸ 特訓して、ピアノが上手になりました。

▶2

❶ 秋になると、（気温）が下がります。

❷ 気温が低くなる（に）つれて、木の葉の色が変化していきます。

❸ 梨や柿、栗、（芋）など、おいしい物がいろいろあります。

▶3

❶ 男：「読書の秋」というから、本を何か買おうかな？

女：やめたほうがいいわ。買っても、どうせ読まないだろうから。

★ 女の人は、本を買うことに賛成しています。（×）

❷ 男：子供達の運動会、今週の日曜日だったな。

女：ええ、2人とも楽しみにしているわよ。

★ 子供達の運動会は、月曜日にあります。（×）

❸ 女：これ、お隣の人がくれたので、おすそ分けです。

男：ありがとうございます。早速今晩、料理してみます。

★ 女の人があげたのは、食べ物です。（○）

## 質問 20 P. 132

本文　正解 c

▶1

❶ 彼以外に誰が来ますか。

❷ クリスマス以外にケーキを食べることがあまりないです。

❸ 日本語以外に中国語ができます。

▶2

❶ プレゼントやカードを（交換）しましょう。

❷ 年末に（大掃除）します。

❸ 着物やスーツを着て、成人式（に）参加します。

▶ 3

❶ 男：今年の正月休みって、何日あるんだったっけ？
女：12 月 29 日から 1 月 3 日までだから…。

★ 正月休みは、6 日間あります。（〇）

❷ 男：クリスマスの夜、何を食べたい？
女：フレンチやイタリアンの店は混むでしょうから、いっそ和食にしようよ。

★ 2 人は、日本料理を食べようと話しています。（〇）

❸ 女：兄が去年で、私が今年、妹が来年、成人式を迎えるんです。
男：ご両親、着物やスーツの準備で大変でしょうね。

★ 女の人は今年 21 歳になりました。（×）

## 質問 21　P. 140

本文　正解 b

▶ 1

❶ 北海道から関東にかけて、明日は雪が降ります。

❷ 三月初旬から四月中旬にかけて、花粉症に悩まされました。

❸ 秋から冬にかけて、忙しくなりそうです。

▶ 2

❶ お正月の過ごし方は、地域や家庭（によって）違います。

❷ 元旦の朝、年賀状が家に（届きます）。

❸ 子供達はお年玉を（もらいます）。

▶ 3

❶ 男：あけましておめでとうございます！
女：新年おめでとうございます。今年もよろしくお願いします。

★ この日は、大みそかです。（×）

❷ 男：初詣、何時くらいに行こうか。
女：まず、おばさんの所にご挨拶に行って…昼ご飯を食べてからね。

★ 初詣には、午後から行きます。（〇）

❸ 女：今年、年賀状を何枚もらいましたか。
男：年賀状は 10 数枚だけで、あとは全部年賀メール。メールはたくさんもらいましたよ。

★ 男の人は、年賀状を何十枚ももらいました。（×）

## 質問 22　P. 146

本文　正解 d

▶ 1

❶ 音楽を聴きながら、皿洗いをします。

❷ 歩きながら、タバコを吸います。

❸ 友達とおしゃべりしながら、食事します。

▶ 2

❶ ひな祭りは、女の子の（成長）を祈願する日です。

❷ 節分は、子供が（中心）の行事です。

❸ 豆まきをしたら、（年）の数だけ豆を拾って食べます。

▶ 3

❶ 男：小さい頃、七五三を祝いましたか。

女：ええ。2歳違いの兄と、私が5歳の時一緒に神社で祝ってもらいました。

★ 女の人が5歳の時、お兄さんは7歳でした。（○）

❷ 男：うちは、女の子がいないので、ひな祭りをしませんでした。

女：うちは、男の子がいないので、端午の節句を祝いませんでした。

★ ひな祭りは男の子のための行事です。（×）

❸ 女：先月息子が生まれたので、この武者人形を買いました。

男：強くて、元気な子に育てばいいですね。

★ 女の人の子供は、女の子です。（×）

## 質問 23 P. 152

本文 正解 b

▶ 1

❶ 母は貧乏でも明るく生きました。

❷ ここに○を大きく書いてください。

❸ 子供は急に激しく泣きだしました。

▶ 2

❶ 8月13－16日あたり（を）「お盆」といいます。

❷ お盆とは、先祖の霊を（供養）する行事です。

❸ 祭りを通じて、近隣の人と（コミュニケーション）します。

▶ 3

❶ 女：今年のお盆、いつ田舎に帰りましょうか。

男：うーん、14日はきっと混むから、1日早めようか。

★ 12日に田舎に帰ります。（×）

❷ 男：もしもし、私だけど。今年のお盆、帰れなくなった。ごめん。

女：残念だけど、しょうがないわね。お正月にはきっと帰って来てね。

★ 男の人は、お盆に帰省しません。（○）

❸ 男：盆祭りの会場に、今年もあのたこ焼き屋さん、売りに来るかなあ。

女：今年は、食べ物の屋台は出ないそうですよ。

★ たこ焼き屋さんは、売りに来ません。（○）

## 質問 24　P. 161

本文　正解 d

▶ 1

❶ 事故のせいで、電車がなかなか出発しません。

❷ 夜になると眠くて、本がなかなか読めません。

❸ みんなの意見がバラバラで、結論がなかなか出ません。

▶ 2

❶ 日本には古典文学も、（近代）文学もあります。

❷「竹取物語」は日本で一番古い（物語）です。

❸（平安）時代にも、たくさんの作品があります。

▶ 3

❶ 男：古典文学の授業を履修していますか。

女：ああ、去年履修しました。ノート、貸してあげましょうか。

★ 男の人は、今年、古典文学の授業を取っています。（○）

❷ 女：古典文学に出てくる言葉、知らない言葉がいっぱいあります。

男：この辞書、いいですよ。お勧めします。

★ 男の人は、辞書を使わずに古典文学を勉強することを勧めています。（×）

❸ 女：昔の人も、恋愛に悩んでいたんですね。

男：人間の悩みは、いつの時代も同じですね。

★ 2 人は、現代の社会問題について話しています。（×）

## 質問 25　P. 167

本文　正解 b

▶ 1

❶ ここは、女性向けのスポーツジムです。

❷ 老人向けの施設が、新しくできました。

❸ 若者向けの番組が、あまりありません。

▶ 2

❶ 日本の漫画は、（レベル）が高いです。

❷ このゲームの（原作）は、漫画です。

❸ 日本のアニメーションは、海外で高い（評価）を受けています。

▶ 3

❶ 男：子供の頃の夢って何だった？

女：漫画家になること。夢がかなって、自分でも驚いてる。

★ 女の人の職業は、小説家です。（×）

❷ 女：この作品、とっても評価が高いそうですよ。

男：あ、知らない作品です。貸してもらってもいいですか。

★ 男の人は、この作品を読んだことがありませんでした。（○）

❸ 女：このドラマも、元は漫画だったんですって。

男：へえ！映画化も決まってるって聞いたよ。

★ 2人が見ているドラマは、元は映画でした。（×）

## 質問 26 P. 174

本文　正解 a

▶ 1

❶ もっときれいな字で書いたほうがいいです。

❷ 早く電話をしたほうがいいです。

❸ 日本語の勉強を続けたほうがいいです。

▶ 2

❶ 初対面の人や（目上）の人には、敬語を使いましょう。

❷ 日本語には敬語がありますから、私は少し（苦手）です。

❸ 尊敬語の他に（謙譲語）というものがあります。

▶ 3

❶ 女：中国語には、敬語はないんですか。

男：少しくらいはありますが、日本語ほど多くないです。

★ 中国語には敬語が、全くありません。（×）

❷ 女：あそこにいる人達は、みんな私達より年上ですよ。

男：じゃあ、敬語を使って話したほうがよさそうですね。

★ 年上の人達には、敬語を使わなくてもいいです。（×）

❸ 男：私のほうが会社では後輩なので、敬語を使いますね。

女：そんな。いいですよ～。年は一緒なんだから。

★ 2人は同い年です。（○）

## 質問 27 P. 180

本文　正解 d

▶ 1

❶ ぜひ、また日本へ行きたいです。

❷ ぜひ、いつか会いましょう。

❸ ぜひ、ハングルを勉強します。

▶ 2

❶ （ただ）の建物見物なら、気にしなくていいと思います。

❷ 道の中央は、神様の通る道（と）されています。

❸ 鈴を鳴らしたら、まず深く（おじぎ）します。

▶ 3

❶ 女：今まで、日本の神社に行くチャンスがありませんでした。

男：え？もう3年も日本に住んでいるのに？意外です。

★ 女の人は、まだ日本の神社に行ったことがありません。（○）

❷ 女：では、皆さん、今から自由に神社を見学してください。

男：はーい。集合時間は3時、この鳥居の下で、ですよね？

★ 集合場所は、神社の一番奥です。（×）

❸ 女：ああ、どうしよう。「凶」を引いてしまったわ。

男：心配しないで。ここに結び付けて帰れば、神様が守ってくれますよ。

★ この人は、悪いおみくじを引きました。（○）

## 質問 28　P. 186

本文　正解 c

▶ 1

❶ 日本では、生の食べ物がよく食べられます。

❷ 本校の学生食堂は、あまり利用されていません。

❸ ここ数年、あちこちで高層ビルが建てられています。

▶ 2

❶ 日本には「春よ（来い）、早く（来い）」という歌詞の童謡があります。

❷ 桜の（名所）は、全国にあります。

▶ 3

❶ 男：今度いつ日本に遊びに来ますか。

女：うーーん、桜の季節に来ようと思います。

★ 次は、夏に日本に来ます。（×）

❷ 女：昨日の晩、激しい雨が降りましたね。

男：ええ、花見の計画が台無しです。もう今年はあきらめました。

★ 桜の花が散ってしまって、花見ができなくなりました。（○）

❸ 男：桜を見ながら、みんなとワイワイして、ああ楽しいなあ。

女：うん。あれ？酔っぱらってない？わあ！こんなに飲んだの？

★ 男の人は花見をしながら、お酒をたくさん飲みました。（○）

## 質問 29　P. 192

本文　正解 a

▶ 1

❶ 焼肉よりむしろお寿司が食べたい。

❷ 慰めよりむしろお金の援助が、彼のためになる。

❸ 地震よりむしろ津波が怖い。

▶ 2

❶ この2つの言葉をよく（耳）にします。

❷ 日本の茶室は、（装飾）が少ないです。

❸「わび」も「（さび）」も、日本文化の独自性を象徴しています。

▶ 3

❶ 女：この授業では、何が学べるんですか。

男：「日本文化」という科目なので、言語よりむしろ文化について多く学べます。

★ この授業は、主に日本語文法について教えます。（×）

❷ 女：落ち葉が散るのを見ていると、なんだか切ない気持ちになります。

男：それって、正に「わび・さび」の世界ですね。

★ 自然の風景の中にも「わび・さび」はあります。（○）

❸ 男：骨董品に興味がありますか。

女：うーん、どちらかというと、私は新品のほうがいいです。

★ 女の人は、古い物より新しい物のほうが好きです。（○）

## 質問30 P. 199

本文　正解 c

▶ 1

❶ 日本と同じく、台湾も島国です。

❷ 茶道と同じく、華道も日本の伝統文化です。

❸ 昨日と同じく、今日も寒くなりそうです。

▶ 2

❶（プロ）の棋士になれるのは、ほんの一部の人です。

❷ 一年間（に）10人に満たないくらいです。

❸ A.I.と人間が（勝負）します。

▶ 3

❶ 男：将棋のルール、全然知らないけど、この漫画、面白い。

女：ストーリーがいいから、引き込まれちゃうよね。

★ 男の人は、将棋のルールに詳しいです。（×）

❷ 女：まだ中学生なのに、プロ棋士になった人がいるんですって。

男：羨ましいなあ。私にも、そんな才能があればなあ。

★ 男の人もプロの棋士です。（×）

❸ 女：機械と将棋を指すって、どんな気分でしょうね？

男：いつか機会があれば、私だって対決してみたいよ。

★ 男の人は、機械と将棋を指すことに、興味があります。（○）

## 問題 1　日本有幾座島嶼？ P. 6

據說在日本有六千八百五十二座島嶼，應該有很多人會因為數量這麼多而感到格外驚訝吧。一般來說，四周都被海包圍的土地就叫做島，大家所熟知的北海道、本州、四國、九州等等，平常雖然不以島相稱，但事實上就是一座座大島（世界上最大的島是格陵蘭島，日本的本州排名第七）。

除了以上所列舉的四座大島以及沖繩之外，在日本的領土範圍內，面積最大的島嶼是新潟縣的佐渡島，有八百五十五平方公里。而至於居民最多的島，則是兵庫縣的淡路島，共有十四萬七千多人住在上頭。

最近，到離島遊玩相當受到歡迎。有尚未被汙染的美麗海岸與星空可看，有現捕的魚貝類可食，這些既有觀光地難以企及的魅力，讓離島大受矚目。

**▶請由下列說明選出正確答案。**

- a　日本只有五座島嶼。
- b　最近到離島旅遊相當受到矚目。
- c　北海道不算是一座島。
- d　佐渡島位在兵庫縣。

**▶會話 1**

婷婷：日本有好多大大小小的島嶼喔。

由里：好像是耶。其實我也不是很了解。

婷婷：台灣也是這樣，不過能看見海的地方真的不少。

由里：幾乎每一個縣市都與海相鄰，不過也有「不靠海的縣」。

婷婷：「不靠海的縣」？山梨縣我倒是聽過。

由里：意思是四周圍都不靠海。像是群馬縣、長野縣等等的，全部有八個縣市都是如此。

**▶會話 2**

婷婷：這次的旅行我準備要前往神戶和明石，還有淡路島。

由里：要去淡路島呀？

婷婷：是啊。要搭觀光巴士過去。走明石海峽大橋，預定要到淡路島逛逛。

由里：那妳要到淡路島的哪裡觀光呢？

婷婷：根據行程表，要去的地方有可以欣賞很多種不同花卉的公園，還有在地特產的賣場。

由里：在地特產？期待妳送我伴手禮唷。

## 問題 2　日本是台灣的幾倍大？ P. 12

日本的國土面積大約是台灣的十倍大。是不是覺得沒有想像中大呢？還是因為「台灣只有日本的十分之一！」所以感到驚訝不已？日本的國土總面積為大約三十七萬八千平方公里。台灣的國土總面積則是三萬六千一百八十九平方公里，據說跟日本九州的面積差不多大。

那麼，在全世界來講，日本可以算是國土面積大的國家嗎？或者算是國土面積小的國家呢？在全世界兩百個國家裡頭，日本的面積排名在第六十名左右。跟大家都耳熟能詳的國家比起來，像是德國、義大利、英國、越南、馬來西亞等等，日本都比較大呢。另外，日本從南到北的長度，可是超過三千公里喔。

▶ **請由下列說明選出正確答案。**

a 台灣的國土總面積是日本的十倍。

b 在全世界的國家之中，日本大小排名在第兩百名。

c 義大利比日本還要大。

d 日本比越南還要大。

▶ **會話 1**

婷婷：日本是一個大國嗎？
由里：唔，該怎麼說呢？比台灣還大。
婷婷：大多少呢？
由里：我記得日本的國土面積差不多是台灣的十倍大。
婷婷：日本有台灣的十倍大？
由里：對啊，而且也比英國還要大喔。

▶ **會話 2**

婷婷：日本的國土面積是三十八萬平方公里嗎？
由里：是啊。台灣的面積是多少呢？
婷婷：大約是 3.6 萬平方公里。
由里：咦，是喔？比我想像的還大呢。
婷婷：差不多就跟日本的九州一樣大。
由里：啊，這麼一說的話就比較有概念了。

## 問題 3　東京是日本的首都嗎？

P. 18

基本上並沒有正式的法律明文訂定東京為日本的「首都」。不過實質上，東京及其周邊區域統稱「首都圈」，而且管轄政治及經濟的相關單位也都集中在東京，所以稱東京為日本的首都應該也不為過吧。

共有一千三百七十萬人生活在東京，大約是日本總人口的十分之一。整個東京可分為二十三個區（新宿區、澀谷區、千代田區等等）、二十六個市級單位，以及五個鎮、八個村（2018 年資料）。

說到東京，大多會因為澀谷、原宿、台場、六本木等等這幾個地方而讓人強烈感覺到華麗的都會時尚氛圍，但其實還是有人情味濃厚的鄉下地方，或是靜謐的住宅區。大家如果有機會到東京的話，請務必多看看東京的各種不同面貌喔。

▶ **請由下列說明選出正確答案。**

a 共有超過一百三十七萬人生活在東京。

b 日本有十分之一的人口住在東京。

c 新宿及澀谷並不包含在東京的 23 區之內。

d 東京只有華麗的都會區。

▶ 會話 1

婷婷：東京是日本的首都吧？

由里：事實上，我認為的確是可以這麼說。有超過一千三百萬人住在裡頭。

婷婷：有這麼多？好厲害喔。

由里：差不多是日本總人口的十分之一。

婷婷：感覺東京相當混雜啊。

由里：但是東京也有很寧靜的區域喔。

▶ 會話 2

婷婷：台北市是台灣第一大城。

由里：是喔，台北的人口有多少呢？

婷婷：我記得，是兩百六十六萬人左右。

由里：真的很多呢。

婷婷：台北也是經濟和政治的中心，跟東京一樣。

由里：我在電視裡看過，是一座雄偉的大城呢。

## 問題 4　日本也會使用農曆嗎？

P. 24

就現在的日本社會來講，包含公司行號及學校單位都已經很少會使用農曆了。日曆上幾乎也不會同時印上新曆和農曆的日期，這一點跟台灣不太一樣。意思就是說，現代的日本人對於農曆已經沒那麼熟悉了。

日本的曆制是在明治六年（西元 1873 年）改制為新曆的，不過一直到大正末期，甚至是昭和初期，日本的春節還是以農曆正月為準。另外像是中秋、七夕、端午、中元等節日，現代的日本人都還是會慶祝，這些原本就是從中國傳來的，所以會跟農曆有所關聯。就這一點來看，日本人的生活跟農曆可說是有切也切不斷的緊密關係。

▶ **請由下列說明選出正確答案。**

a 日本直到現在，新曆和農曆還是都一樣正常使用。

b 農曆在明治時代就已經廢止了。

c 日本已經沒有任何一個節慶會受到農曆的影響。

d 在日本的日曆上，農曆和新曆同時都會印上。

▶ 會話 1

婷婷：今天真是忙碌的一天啊。

由里：怎麼了？

婷婷：因為今天是我媽媽的生日，所以我寄了 mail 向她道賀。

由里：哇，恭喜！今天生日，所以是十月十二日囉。

婷婷：不是，她的生日是八月二十三日。

由里：咦？什麼意思啊？

▶ 會話 2

婷婷：台灣還是會使用農曆，所以我媽媽的生日是農曆的八月二十三日。

由里：哇，好複雜喔。腦袋都混亂了。

婷婷：不會啊，一點都不會。只要看日曆馬上就了解了。

由里：妳送了什麼禮物呢？

婷婷：我買了一本媽媽想要的書，在網路上訂的。

由里：本人想要禮物是最棒的了。

## 問題 5　跟日本人一起用餐的時候，要注意些什麼呢？

P. 30

日式料理並不會像西餐一樣有那麼多嚴格的餐桌禮儀，不過筷子的使用方面倒是有一些忌諱。首先，有所謂的「箸渡」，就是用筷子傳遞食物；以及「立箸」，就是把筷子直接插在飯上。這都象徵著招致厄運，所以請盡量避免。還有，用筷子刺食物起來吃的「刺箸」、用筷子將碗盤拉近的「寄箸」，這兩個動作說起來也不是很有禮貌，所以也要避免。

另外，在開始用餐的時候說「我開動了」，吃飽之後說「我吃飽了」，這也是日本人的用餐習慣之一。

話雖如此，但用餐畢竟是一件開心的事情，如果因為太過在意禮儀而失去了樂趣，那就本末倒置了。所以開開心心地用餐吧，只要能互相尊重對方的飲食禮儀就可以了。

▶ **請由下列說明選出正確答案。**

a　用筷子傳遞食物的行為叫做「箸渡」。

b　日式料理完全沒有飲食的禮儀或忌諱。

c　日本人在開始用餐的時候，會安安靜靜地吃起來。

d　「刺箸」的意思是指吃生魚片時所使用的筷子。

▶ **會話 1**

婷婷：由里，妳在做什麼？

由里：啊，這個嗎？是筷架。

婷婷：唔……筷架？

由里：是啊，用裝衛生筷的袋子做成筷架。

婷婷：用餐的時候把筷子放在那上面嗎？

由里：對啊，就是這樣。也給婷婷做一個吧，請用。

▶ **會話 2**

婷婷：哇，套餐看起來好好吃喔。

由里：對啊，好豪華喔。

婷婷：這個附蓋子的碗要怎麼用呢？

由里：一開始就先把所有的蓋子揭開。

婷婷：那吃完的話，該怎麼做？

由里：吃完的話，就再蓋回去。

## 問題 6　壽司有哪些種類？ P. 36

包著海苔的「壽司卷」，以及炸豆皮包著醋飯的「豆皮壽司」，在台灣的便利商店都買得到，所以大家應該都知道吧？然後還有把生魚片放在醋飯上的「握壽司」，現在在迴轉壽司店也可以用便宜的價格享用，是廣受歡迎的壽司類型。另外，上頭放著海膽或鮭魚卵，周圍包著海苔的「軍艦壽司」；在醋飯上直接散擺上生魚片、食材的「散壽司」；用海苔包捲起來的「手卷壽司」，這些在日本都很常吃到。

日本的家庭只要遇到特別的節日，或是有客人來訪就會叫壽司外送。外觀看起來非常豪華，而且可以享受到多種不同的口味，非常適合用在派對上。

▶ **請由下列說明選出正確答案。**

a 日本人每天都吃壽司。

b 日本也有做外送的壽司店。

c 壽司的種類只有「壽司卷」跟「握壽司」兩種而已。

d 在日本，幾乎所有人都只吃「握壽司」。

▶ **會話 1**

婷婷：由里，壽司要用筷子吃嗎？還是用手直接拿著吃？

由里：我都是用筷子吃。

婷婷：用哪一種方式都沒關係嗎？

由里：行家們是說應該要用手拿起來吃，但我想應該都可以。

婷婷：行家？

由里：就是對某些事物很了解的人。

▶ **會話 2**

婷婷：吃壽司有固定的先後順序嗎？

由里：一般的順序是先從口味較淡的開始吃，接著吃重口味的，然後是壽司卷。

婷婷：口味較淡的有什麼？

由里：鯛魚之類的白肉魚。

婷婷：唔，原來如此。

由里：不過，我覺得依妳自己喜歡的方式才是最好的。

## 問題 7 煎茶與抹茶有什麼不同？

P. 43

**煎茶**是屬於綠茶的一種，製作時先用強力的蒸氣蒸煮新摘的茶葉，接著加熱去除水分，最後一邊烘乾一邊搓揉製成。**抹茶**則是不搓揉，直接把完成烘乾的碾茶茶葉放入石磨中研磨成粉狀。抹茶如今不只被用在和式點心上，還會摻入巧克力及冰淇淋之中，人氣爆表呢。

說到茶的產地，日本最有名的非靜岡縣莫屬了吧？產量占了全國的一半以上，靜岡縣的居民可以說都喝了不少茶。

綠茶含有兒茶素（多酚）、胡蘿蔔素、維他命 C 等營養成分，經研究證實對身體有益。的確，靜岡縣民的平均壽命比全國平均要來得高，而且罹癌死亡的比例似乎還特別低。為了健康著想，請大家也多喝煎茶及抹茶吧！

▶ **請由下列說明選出正確答案。**

a 只要有喝綠茶，就絕對不會罹癌。

b 日本以茶的產地而聞名的就是靜岡縣。

c 綠茶不含維他命 C。

d 抹茶並不會摻入巧克力之中。

▶ **會話 1**

婷婷：我收到了很多人家送的綠茶，不嫌棄的話請妳收下。

由里：哇，真的可以嗎？我每天都喝綠茶呢，這太棒了。

婷婷：不用客氣。說到這個，綠茶該怎麼保存呢？
由里：還沒開封的話，放冰箱可以保存三個月左右喔。
婷婷：那開封之後該怎麼做比較好？
由里：因為會氧化，所以還是要盡早喝完。

▶**會話 2**

婷婷：啊啊，每天都好熱啊。
由里：是啊，真的。來，請喝茶吧。
婷婷：謝謝。這是什麼茶呢？
由里：焙茶。
婷婷：好香好好喝喔。
由里：日本夏天常喝這種茶。

## 問題 8　在吃烏龍麵或蕎麥麵的時候，發出聲音也沒關係嗎？ P. 50

是的，在日本，吃東西時發出聲音是不要緊的。據說在吃烏龍麵或蕎麥麵的時候，發出吸食的聲音是最棒的吃法，不過倒也沒有說非得發出聲音不可。我覺得用自己覺得最輕鬆的方式享用就可以了。

然而，俗話說得好，要「入境隨俗」，所以到了日本如果有機會享用烏龍麵或蕎麥麵的話，不妨試著發出簌簌的聲音吸食看看。

說到日本最有名的烏龍麵，非四國香川縣的讚岐烏龍莫屬了。甚至在日本各地都還會有人特地組成「烏龍麵旅行團」，一起到當地去吃呢。

蕎麥麵方面，出名的則有長野縣的信州蕎麥麵，以及岩手縣的碗子蕎麥麵等等。在吃碗子蕎麥麵的時候，會有一個服務人員站在一旁，小小的碗也會越疊越多，享用的方式非常有趣， 所以相當具有人氣喔。

▶**請由下列說明選出正確答案。**

a 吃烏龍麵的時候發出簌簌的聲音，在日本是不符禮節的。
b 日本以烏龍麵而聞名的是長野縣。
c 碗子蕎麥麵是用大碗來享用的。
d 讚岐烏龍麵非常有名，甚至紅到很多外地人會特地到該縣享用。

▶**會話 1**

婷婷：今天的午餐要不要吃麵呢？
由里：好啊。要吃哪一種麵？
婷婷：義大利麵、烏龍麵、蕎麥麵、擔擔麵……
由里：我有點想吃烏龍麵，婷婷呢？
婷婷：可以啊。那，我們去吃烏龍麵吧。
由里：嗯嗯，就這麼辦。

▶**會話 2**

婷婷：由里，日本的蕎麥麵是怎麼製成的呢？
由里：把蕎麥磨成蕎麥粉之後揉製而成。
婷婷：蕎麥？不是由小麥粉製成的呀？
由里：有時候也會混入小麥粉，但百分百用蕎麥粉製成的麵比較好吃。
婷婷：哇，原來是這樣。
由里：也有人因為興趣自己擀蕎麥麵、烏龍麵呢！

## 問題 9　日本人喜歡哪一種酒？

P. 56

日本人常會喝的酒有啤酒、日本酒、紅酒，還有其他像是威士忌、香檳、雞尾酒等等。跟台灣應該沒有太大的差異吧。在日本大受歡迎，但在台灣可能還比較陌生的酒類，當屬燒酒了。燒酒是日本傳統的蒸餾酒，有米燒酒、芋燒酒、小麥燒酒等等。沖繩特產「泡盛酒」也是屬於燒酒的一種，它是以栗子或米當原料，風味相當特別。

在日本，法律規定未滿二十歲是禁止喝酒的。但只要過了二十歲，不只是上班族，就連大學生們也經常會喝酒。跟著社團或班上的好朋友、公司的主管或前輩，一起到居酒屋小酌，約會的時候帶著交往的對象到時尚的酒吧喝幾杯雞尾酒……對日本人來說，喝酒這件事可說是很重要的社交方式。為了跟日本人打好關係，你也一起來飲酒作樂吧！

▶ **請由下列說明選出正確答案。**

- a　在日本，學生也會喝酒。
- b　日本人完全不喝威士忌或白蘭地。
- c　泡盛是沖繩特有的啤酒。
- d　在日本，年滿十九歲就可以喝酒了。

▶ **會話 1**

婷婷：由里，妳很會喝酒嗎？
由里：我嗎？唔，怎麼說呢，我想應該不會太弱。
婷婷：哇，是喔。那，這週五要不要一起去喝？
由里：好耶，要去哪裡喝呢？
婷婷：居酒屋或酒吧都可以。
由里：那，我們兩個女生一起去時尚的酒吧玩吧！

▶ **會話 2**

婷婷：由里，妳看起來好像很不舒服，怎麼了呢？
由里：昨天有點喝太多，好像宿醉了。
婷婷：要不要緊？要不要幫妳準備藥？
由里：謝謝，我沒問題的。我想很快就會好轉的。
婷婷：那，我泡杯咖啡給妳喝吧。
由里：啊啊，這太好了，謝謝。

## 問題 10　每個日本人都有和服嗎？

P. 63

跟以前比起來，近年來走在日本的街道上，都看不到穿著和服的人了，幾乎每個人都是穿著西服。有些人因為工作的關係必須得穿和服，但一般來說現在變成只有結婚、成人禮、大學或短大的畢業典禮、過年等特別的節日時才會穿和服。因為可以利用出租服務租借，也可以跟朋友或親戚借來穿，所以真的實際擁有和服的人恐怕不多。原因我想有價格昂貴、難以保養，穿起來也很麻煩……之類的吧！

那麼，如果想要買一件和服的話，大概需要花多少錢呢？根據使用的布料，還有由便宜到昂貴的都有，貴的話也有花上幾千萬的。除了和服之外，腰帶、襯衣、草鞋等幾項小配件也都是必備物品。

如果大家到日本旅遊時，想要買和服回去當伴手禮，我會推薦大家選擇夏天或是洗完澡之後穿的那種浴衣。價格較為平易近人，穿著方式也比較簡單。最近在網路上的影像平台，可以看到簡單易懂的浴衣穿法及腰帶的繫法，可以透過欣賞影片來學習。

另外，到一些觀光景點去玩，就會有穿上正式的和服上街拍照的服務，如果到京都去，甚至還可以化身成舞孃呢。

即使不穿也不買和服，還是可以到和服店去逛逛，裡頭還有用和服布料製成的小東西，像是包巾、包包或飾品等等，都可以讓人感受到濃濃的日本風情，進去挑選看看也是相當有趣的一件事。

**▶請由下列說明選出正確答案。**

- a 在日本，每個人都擁有和服。
- b 浴衣是形式較為簡單的和服，主要為洗完澡後，或是夏天穿用。
- c 和服的價格很便宜，任何人都可以輕輕鬆鬆買來穿。
- d 因為和服的價格相當高昂，所以不提供租借的服務。

**▶會話 1**

婷婷：由里，妳有和服嗎？
由里：嗯嗯，我只有一件。
婷婷：哇，真好。什麼時候會穿呢？
由里：只有出席朋友或親戚的婚禮時會穿。
婷婷：過年的時候不穿嗎？
由里：因為穿起來很麻煩，綁了帶子之後也沒辦法吃太多東西，所以不穿。

**▶會話 2**

婷婷：這個手帕好漂亮喔！
由里：這個嗎？這可是手拭巾喔。
婷婷：手拭巾？
由里：也就是日本傳統的手帕。
婷婷：啊啊，原來如此。上面的花紋也很有日本風格呢。
由里：而且比手帕大一些，夏天時可好用了。

## 問題 11　日本人的正式服裝是黑色的嗎？ P. 70

是的，沒錯。無論是結婚典禮、喪禮，或是其他正式的場合，黑色的服裝都是最正式的打扮。黑色的和服（男性為紋付羽織袴，女生則為黑留袖）或套裝，是「婚喪喜慶」兩用的服裝。黑色代表著高貴，同時也有中立的意涵，所以是禮服的首選。

即使不是正式服裝，在平常就喜歡穿著黑色衣服的日本人也不少。喜歡的理由似乎大多是「因為可以讓情緒冷靜下來」。如果是你的話，穿什麼顏色的衣服會讓你的心情變得平穩呢？

順帶一提，日本人討厭的顏色有金色、粉紅，以及紫色。這三種顏色會給人難以搭配、過於有特色的感覺。所以思考一下要去的場合，或是要參加的聚會性質，選擇顏色調性適合該時間、地點、場合的衣服穿吧！

▶ **請由下列說明選出正確答案。**

ⓐ 日本人的正式服裝以白色居多。

ⓑ 金色是給人感覺很容易搭配的顏色。

ⓒ 黑色是正式場合可以穿的顏色。

ⓓ 即使跟時間地點場合不搭，衣服也還是應該挑選自己喜歡的顏色穿。

▶ **會話 1**

婷婷：哇，這裡賣好多傘喔。

由里：要不要買同一款式但不同顏色的傘呢？

婷婷：不錯耶，一定要、一定要。

由里：婷婷要挑什麼顏色呢？我挑個紅色的好了……

婷婷：紅色啊，是個熱情的顏色呢。那我選有氣質的米色吧。

由里：如果一次買兩把可以殺價的話，那就太好了。

▶ **會話 2**

婷婷：聽我說聽我說，昨天我真的好糗啊。

由里：怎麼了？

婷婷：我去出席前輩的結婚典禮，全場只有我一個人穿著大紅色的禮服，感覺整個狀況外啊！

由里：大家都穿什麼顏色的衣服呢？

婷婷：男生大多穿黑色的西裝，女生則是白色或米色。

由里：那是值得慶賀的場合，所以穿紅色也沒關係的，不要太在意了。

## 問題 12 聽說日本女生不化妝就沒辦法出門，是真的嗎？

P. 76

當然不可能所有的日本女性都是不化妝就不出門，不過這種傾向，可能真的是比其他國家要來得明顯一些。在日本社會，特別是商業領域，女性化妝是一種禮貌，甚至是整理儀容的要項之一。有些女性甚至覺得不化妝就出門，簡直就像直接穿著睡衣走出去一樣丟臉，也有不少女生認為最少最少也要上點粉底、畫上口紅。

在日本，高中畢業的時候，化妝品公司會分發化妝品的試用品給女學生們，然後教導她們化妝的方法（實際情況依地區及學校而有所不同）。對日本女性來說，學會化妝應該可以說是變成大人的第一步吧。

▶ **請由下列說明選出正確答案。**

ⓐ 在日本，女性無論在哪一種場合，都必須要化妝。

ⓑ 即使是在商業領域，如果真的不想化妝的話，不化也沒關係。

ⓒ 日本女性不化妝的話絕對無法出門。

ⓓ 在日本有很多人將化妝視為一種禮貌。

▶ **會話 1**

婷婷：啊，可以去化妝品賣場看看嗎？

由里：好啊。我的口紅也剛好用完了，想要去看看。

婷婷：由里，妳每次都會把妝化得很完整呢。

由里：才沒有，有時候睡過頭，也會沒化妝就衝上電車啊。

婷婷：我幾乎每天都是這樣。日本女生真是辛苦啊。

由里：啊，這個口紅是新的顏色耶，我要買這個。

▶ 會話 2

婷婷：好漂亮的顏色喔。可以讓我看看嗎？

由里：請看。妳也可以塗塗看啊。

婷婷：真的嗎？那，我就塗一點點……

由里：好適合妳喔。婷婷真適合粉紅色。

婷婷：不要這樣誇我啦。我會害羞的。

由里：妳要是肯再多化點妝就好囉，婷婷可是個大美女呢。

## 問題 13 為什麼日本會有「衣物換季」的習慣呢？ P. 82

日本的氣候四季非常鮮明，這是最主要的理由之一，另外就是因為礙於家裡的空間問題，所以沒有空間能將所有季節的衣服全都擺出來。把暫時不穿的衣服整理好，就可以節省不少空間。這也可以說是住在狹小房屋裡的日本人特有的生活智慧吧。

一般來說，一年裡頭會進行兩次衣物的換季。六月一日到九月三十日之間穿夏季服裝，十月一日到五月三十一日則是穿冬季服裝。穿夏季服裝的時候，冬天的衣服會被收藏在衣櫃的深處，或是放入箱子裡面。整理好的衣服要徹底清洗過，為了防止蟲蛀，還會放入驅蟲劑。

衣物換季的習慣據說是從平安時代開始的，因為受到中國的影響，從宮廷裡的儀式衍生而來。在江戶時代，聽說一年還會換季四次呢。畢竟在那個沒有冷暖氣的年代，換季也有調節體溫的用意。

▶ 請由下列說明選出正確答案。

a 日本人會配合氣候，在一年內進行兩次衣物的換季。

b 衣物換季的習慣是最近才開始的。

c 日本人的房屋很寬敞，具有很多收納空間。

d 平安時代的衣物換季習慣，是日本人自己發想出來的。

▶ 會話 1

婷婷：差不多要進入衣物換季的季節了呢。

由里：嗯嗯，慢慢變冷了，該把夏季服裝收好，拿出冬季的衣物了。

婷婷：現在台灣還比日本熱得多，還可以穿夏季的衣服。

由里：真好。我非常怕冷，所以好羨慕台灣人喔。

婷婷：我則是多冷也不怕呢。

由里：所以接下來慢慢地要進入婷婷喜歡的氣候囉。

▶ 會話 2

婷婷：啊啊，在變得更冷之前，得把冬天的棉被拿出來才行。

由里：要從壁櫥的深處把東西拿出來真的很辛苦呢。

婷婷：對啊。拿出來乾洗的夏季衣物也得要全部收好。

由里：我們家壁櫥和收納的空間都很小，所以很困擾呢。

婷婷：我去年整個冬天還把電風扇留在房間裡呢。

由里：哇啊啊，不好好收起來不行吧？

## 問題 14 為什麼日本人喜歡溫泉？

P. 88

因為日本的冬天很冷，所以就有很多人會想要藉著泡在溫暖的溫泉水裡，讓凍僵的身體暖和起來。因此不僅是泡溫泉而已，日本人也很喜歡到市區的澡堂或家裡的浴缸泡澡。當然每個人的想法還是多少有些差異，但是許多人還是覺得光是淋浴不夠，還得在浴缸裡泡一下藉此放鬆。

泡在溫泉或浴缸裡時，可以促進血液循環，激發新陳代謝，更能讓體內的老舊廢物排出體外。據說血液循環若能轉好，可以消除黑眼圈，而且還有美肌效果呢。

再者，全日本有三千個溫泉區，而溫泉的源頭更有多達兩萬處以上。各個溫泉區的效用都大不相同，溫泉水的成分也相當多元。自古時候就開始流傳「溫泉療法」，人們長時間住在溫泉區附近，每天都泡一下溫泉，治療疾病或外傷。

另外，對日本人來說，溫泉或是澡堂或許有點像是心靈的故鄉。在日本有一句話叫做「袒裎相見」，意思是赤身裸體一起在浴缸裡泡澡，可以讓彼此的關係變得更加親密。

不過，在進入溫泉池或澡堂的時候，有些一定要留意的禮儀。像是進入浴缸前要先把身體洗乾淨。把熱水往自己的身上淋的時候，也要注意不能濺到旁邊的人。還有就是毛巾之類的東西不能浸泡在浴缸裡面。雖然感覺好像有點麻煩，但其實只要習慣了，就不會覺得有什麼問題了。

到溫泉或澡堂跟日本人一起「袒裎相見」，說不定會讓你對日本有些新的發現喔！

### ▶請由下列說明選出正確答案。

a 泡溫泉或泡澡對身體健康及美容有所助益。

b 日本人因為相當忙碌，所以大家每天都只有沖澡而已。

c 日本的溫泉源頭有三千處以上。

d 溫泉或澡堂沒有什麼特殊禮節，可以照著自己喜歡的方式去泡。

### ▶會話 1

婷婷：妳曾經去過溫泉旅行嗎？

由里：嗯嗯，有啊。

婷婷：好玩吧？

由里：嗯嗯。泡泡溫泉、吃吃在地的美味料理，真的很好玩喔。

婷婷：是喔。好像好好玩耶。我也想去。

由里：嗯嗯，請一定要去一次看看。妳一定會喜歡的。

▶ 會話 2

婷婷：由里，妳每天都會泡澡嗎？

由里：偶爾會泡，但是也很常只是沖澡而已。

婷婷：我以為日本人每天都要泡澡呢。

由里：因為我自己一個人住，所以這樣有點浪費水。

婷婷：啊，原來如此。

由里：只有在非常疲憊或是天氣很冷的時候，才會裝滿熱水在浴缸裡泡一下。

## 問題 15 日本人都是在榻榻米上「正坐」嗎？ P. 96

以前是真的會如此，不過隨著房屋風格逐步西化，鋪設榻榻米的日式房間也減少了，所以坐椅子或沙發的生活形態日漸普及。對於「正坐」感到困擾的日本人越來越多。所謂的「正坐」，是稍微彎著腰，膝蓋以下一直到腳背的地方緊貼著地板，屁股則坐在雙腳內側上。長時間「正坐」的話，雙腳會慢慢麻痺，要起身的時候會沒辦法順利站起來。另外，腳形會變不好，所以也有人不讓孩子採取正坐的姿勢。

然而，在劍道或柔道的日本武術界，還有歌舞伎、能劇、茶道、插花藝術等日本傳統文化領域裡，正坐仍是非常重要的禮儀之一。也有人說採取正坐並維持同一個姿勢，可以訓練腹部及背部的肌肉，還有精神方面的專注力。而且，習慣正坐的人好像就不會有腳麻的問題了呢。

▶ 請由下列說明選出正確答案。

a 日本現在還是有很多人採取在榻榻米上正坐的生活方式。

b 正坐優點很多，且一個缺點都沒有。

c 日本的武術領域常會採取正坐。

d 西化的生活方式尚未在日本普及。

▶ 會話 1

婷婷：啊，好痛啊啊啊……。受不了了。我的腳已經麻到不行了。

由里：啊啊，請輕鬆坐吧。

婷婷：不好意思，我的儀態不太好。

由里：不會，才沒有這回事。我也對正坐沒輒。

婷婷：但是，由里，妳已經持續正坐超過一個小時了吧。

由里：因為我小時候有受過奶奶的特訓，所以還受得了。

▶ 會話 2

婷婷：我對日本文化很有興趣，唯獨正坐讓我吃不消。

由里：現在日本也有很多人不喜歡正坐，紛紛在生活中改成坐椅子了呢。

婷婷：雖然我很希望能夠住在日式的房間，但應該還是坐椅子比較舒服。

由里：喜歡日式房間的話，也可以考慮降板式暖被桌。

婷婷：降板式暖被桌？

由里：就是把地板挖開一個洞，然後直接坐在上面，有些日式餐廳會採這樣的形式呢。

## 問題 16　日本人會在壁龕裝飾什麼呢？ P. 102

日本和式房間內設置的壁龕，主要是用來招待客人的空間。離壁龕最接近的地方，就是該房間的「上座」，一般會讓客人坐在這個位置，然後側面慢慢地欣賞壁龕裝飾品。

壁龕的裝飾物，除了有書法作品、卷軸畫作、插花作品、陶器之外，過年的時候也會放上日式年糕等等。配合季節更替，換上符合當下季節氛圍的物品，讓客人可以享受藝術及季節感，並且一起鑑賞、一起談天說地……壁龕就是這麼一個特別的空間。

不過，近年來有越來越多家庭，明明特別設計了壁龕，但卻在裡頭放了佛壇或是電視機，並沒有照原本的方式來使用。利用藝術與風雅韻事招待客人的壁龕，裡面存在著自古以來日本人的心意。

**▶請由下列說明選出正確答案。**

- a　壁龕所指的就是寢室。
- b　壁龕是用來收納床墊及日用品的。
- c　距離壁龕最近的地方是下座。
- d　在壁龕擺設藝術品來加以裝飾，為的是招待客人。

**▶會話 1**

婷婷：我在台灣的祖父母說他們以前住的家設有壁龕呢。

由里：在台灣的家嗎？那真是稀奇少見啊！

婷婷：祖父母他們以前好像住在日式的房子裡。

由里：哇，原來如此。不過，壁龕是什麼妳知道嗎？

婷婷：位在日式房間的深處，一個稍微凹陷進去的空間對吧？

由里：嗯嗯，然後會裝飾一些插花作品或藝術品。

**▶會話 2**

婷婷：我爺爺曾說，現在壁龕已經越來越少見了，當初如果有拍照的話就好了。

由里：我覺得不只是在台灣，有壁龕的家庭在日本也是越來越少了。

婷婷：只有在日式的旅館或日式餐廳還會看到。

由里：如果我要設計自己的家，那會很想要設計壁龕呢。

婷婷：啊啊，到時候請一定要讓我去妳家玩喔。

## 問題 17　日本在春季有什麼節慶活動呢？ P. 108

和台灣或歐美各國不同，日本是以四月為年度起始。三月是畢業典禮，四月則是開學典禮、入社儀式、調職或部門異動非常頻繁的時期。對日本人來說，說到春天就是一個新的開始。

再者，說到春天就一定會想到櫻花，在日本各地都會舉辦欣賞美麗櫻花盛開的賞花活動。每到這個時期，日本的天氣預報時間會報導「櫻花前線」，讓大家了解櫻花綻放的狀況。在在地呈現出大家發自內心地期待櫻花綻放的心情。大家一起坐在盛開的櫻花樹下，一邊吃著便當、喝著酒，一邊唱著歌。白天的櫻花非常美麗，不過夜晚的櫻花卻有另外一番風情喔。

另外，三月三日還有祈祝女孩順利成長的「女兒節」。此時家裡會擺設人偶以及桃花，也會提供菱餅及米菓，然後喝喝白酒。

▶ **請由下列說明選出正確答案。**

a 日本的學校是九月開學。

b 日本的畢業典禮在四月舉行。

c 賞櫻指的是在白天去看櫻花。

d 女兒節是祈祝女孩子順利成長的傳統節日。

▶ **會話 1**

婷婷：妳有賞過櫻花嗎？
由里：當然有。每年我們家都會到附近的公園去賞櫻。
婷婷：都會做些什麼事呢？
由里：吃吃便當或是拍些櫻花的照片。
婷婷：我只有從照片中看過，日本的櫻花真的很漂亮呢。
由里：明年四月我們一起去吧。

▶ **會話 2**

婷婷：那是什麼？
由里：那是櫻餅，因為想跟妳一起吃，所以就買過來了。
婷婷：看起來好好吃喔。而且是很漂亮的粉紅色呢。
由里：我們來泡茶配著吃吧！
婷婷：這個葉子可以直接吃下去嗎？
由里：嗯嗯。這是櫻花樹的葉子，已經有加鹽了，很好吃喔。

## 問題 18　日本在夏季有什麼節慶活動呢？ P. 114

日本的夏季有各種令人興奮的節日活動，包含暑假、盂蘭盆節，還有各地的夏季祭典、七夕祭典等等。

日本暑假比台灣的學校要短，小學到高中都是從七月二十日休到八月底。盂蘭盆節的時候，家人會一起返回故鄉，在河川或山林等自然環境中遊玩，這對孩子們來說，應該是很開心的暑假過法吧。

在日本，一到夏天各地都會舉辦各式各樣的祭典活動。有名的夏日祭典包含京都的祇園祭、青森的睡魔祭、仙台的七夕祭，還有秋田的竿燈祭等等。有些地方會熱熱鬧鬧地扛著神轎遊街，有些地方的特色則是會推出裝飾得相當誇張的花車，這些都會成為當地的觀光資源。

另外，也有很多人會透過網路、報紙、雜誌等工具，掌握各地煙火大會舉辦的日期，前往各地欣賞煙火。

▶ **請由下列說明選出正確答案。**

a 在日本就連上班族也有很長的暑假。

b 仙台的睡魔祭很有名。

c 煙火大會什麼時候會在哪裡舉辦，資訊可說是非常多。

d 夏天因為太熱了，所以小孩子全都不在外面玩。

▶ 會話 1

婷婷：日本也有七夕對吧？

由里：嗯嗯，有是有，不過日本是在新曆的七月七日慶祝的。

婷婷：是喔。會做什麼樣的事情呢？

由里：小朋友們會把寫好心願的短籤掛到竹子上去。

婷婷：那大人會做甚麼呢？

由里：如果有七夕祭的話，就會去看看，除此之外沒有做什麼特別的事情。

▶ 會話 2

婷婷：這週的週末就是台灣的情人節了。

由里：咦？夏天也有情人節啊？

婷婷：嗯嗯。農曆的七月七日，七夕就是屬於戀人的日子，也就是情人節。

由里：會做什麼特別的事情嗎？

婷婷：跟交往的對象一起用餐，然後彼此交換禮物。

由里：七夕是戀人的日子，感覺好浪漫喔！

## 問題 19 日本在秋季有什麼節慶活動呢？ P. 120

日本有「運動之秋」、「食慾之秋」、「讀書之秋」、「藝術之秋」等說法。秋季裡，秋高氣爽的天氣會持續好一陣子，所以運動會大多在秋季舉行。另外，到了秋季氣溫下降，也激起食慾。美味的水梨、柿子、栗子、芋頭等等，都會讓人食指大動。而且，進入秋季之後，夜晚開始變長了，漫長的夜晚最適合用來讀書。

說到日本的秋季，應該有很多人會聯想到紅葉吧？在日本會特別把去賞紅葉稱為「紅葉狩り」（賞紅葉）。隨著氣溫慢慢下降，樹木的葉子也會從綠色轉變成紅色或黃色。遠眺被染紅的山頭，吸一口秋天清爽的空氣，一嘗秋季甜美的滋味……日本的秋天，樂趣滿人間。

▶ 請由下列說明選出正確答案。

a 去賞紅葉這件事稱為「紅葉狩り」（賞紅葉）。

b 秋天因為太冷了，所以外面幾乎沒有人在運動。

c 秋天之所以會食慾高漲，是因為夜晚變長了。

d 秋季節日慶典多，所以日本人幾乎都不讀書。

▶ 會話 1

婷婷：一到秋天，總會不自覺地吃過了頭。

由里：哈哈哈，對啊。日本也有「食慾之秋」這樣的說法。

婷婷：到底為什麼到了秋天就會激起食慾呢？

由里：是為了冬天做準備，要儲存好脂肪嗎？

婷婷：咦？這可不好！不減肥的話可就糟糕了呢。

由里：婷婷還不用太擔心。

▶ **會話 2**

婷婷：這週六我們要烤肉，妳要一起來嗎？

由里：唔，好是好，可是怎麼這麼突然？

婷婷：週六是農曆的八月十五日，中秋節啊。

由里：中秋節……？啊啊！是中秋節，十五月圓夜。

婷婷：在台灣，中秋節的時候習慣會吃月餅，還會烤肉。

由里：好棒的賞月活動。我們也一定要來開心一下。

## 問題 20 日本在冬季有什麼節慶活動呢？ P. 126

日本的冬天雖然很冷，可是有很多有趣的節慶喔。除了下個單元要介紹的春節過年之外，冬天還有聖誕節、成年禮，以及二月的「節分」。

在日本，聖誕節時會吃蛋糕，交換禮物或卡片，街道上到處裝飾著聖誕彩燈，氣氛相當浪漫。聖誕節結束後，緊接著馬上就進入年末的忙碌時期，工作要做總結，還有要大掃除。春節過年也有很多人會回到家鄉探親。

一月的第二個禮拜一是舉辦成年禮的日子。年滿二十歲的人會穿著和服或是套裝來參加成年禮。二月三日是「節分」，人們會一邊撒豆子一邊喊「惡鬼去，好運來」，藉此祈祝家人健康平安。

▶ **請由下列說明選出正確答案。**

a 日本年末時有所謂的成年禮。

b 日本的冬季只有聖誕節一個節日。

c 聖誕節會吃蛋糕，並且贈送禮物。

d 節分在一月舉行。

▶ **會話 1**

婷婷：由里，妳臉色看起來很不好耶，怎麼了嗎？

由里：感覺好像感冒了，頭好痛。

婷婷：大概是因為寒流來了氣溫迅速下降。在這忙碌的時期，很辛苦吧！

由里：流感好像也正在流行……。

婷婷：去醫院看一下比較好吧？

由里：嗯嗯。但我想再觀察一下狀況。

▶ **會話 2**

婷婷：妳在看什麼呢？

由里：我在看日曆，我發現台灣是過農曆年。

婷婷：對啊，是這樣沒錯。

由里：每年元旦日期不同，不會覺得不方便嗎？

婷婷：從小就是如此，也就習慣了。

由里：唔，跟日本不一樣呢，真有趣。

## 問題 21 日本怎麼過春節呢？ P. 133

日本早期也跟台灣一樣，是過農曆春節，不過現在是照著新曆在過，新曆的一月一日就是元旦。過年假期從年底到年初，約五天到一個禮拜左右。

春節的過法依照各地區或各家庭而有所不同，一般來說在 12 月 31 日除夕夜，大部分的人都會吃跨年蕎麥麵。新的一年來臨時，會到寺廟進行首次參拜，祈求新的一年平安無事。元旦當天寄來的賀年卡，小朋友們領壓歲錢等等，也都是春節的樂趣之一。賀年卡上一般都會有一個抽獎號碼，如果中獎的話，可以得到各式獎品。

以前大家都會穿著華麗的服裝，跟親戚們聚集在一起，吃著新年的菜餚或年糕湯，然後放放風箏、玩玩歌牌遊戲，或是打打毽子板。現在選擇出國旅遊的人則是越來越多了，日本的春節也開始起變化了呢。

▶ **請由下列說明選出正確答案。**

a 日本也是過農曆的春節。

b 春節時會吃新年菜餚以及年糕湯。

c 元旦會吃跨年蕎麥麵，之後再去寺廟進行首次參拜。

d 小孩子們會給大人壓歲錢。

▶ **會話 1**

婷婷：由里家是怎麼過年的呢？

由里：我們家一起到寺廟進行首次參拜。

婷婷：哇，全家一起喔？好厲害。

由里：只有春節這一天特別。

婷婷：會去哪裡做首次參拜呢？

由里：到我家附近的神社。

▶ **會話 2**

婷婷：這裡所寫的「一富士、二鷹、三茄子」是什麼意思呢？

由里：「初夢」夢見這些的話，會招來好運喔。

婷婷：「初夢」？

由里：新年的第一天，首次作的夢。

婷婷：富士山跟老鷹我可以理解，但為什麼會有茄子呢？

由里：唔，似乎是因為剛上市的茄子價格昂貴的關係。

## 問題 22 有什麼節慶與小孩子有關？ P. 141

在春季節日篇中介紹過的三月三日「女兒節」、五月五日「端午節」，均是祈願小孩的順利長大的節日活動。現在五月五日是「兒童節」，是國定的休假日。另外，二月三日左右會進行的節分活動，也是以小朋友為主的慶典。一邊大聲喊著「惡鬼去、好運來」，一邊把豆子撒出去，然後今年幾歲就撿回幾顆，吃下去之後就可以一整年都過得健康平安。

其他還有名為「七五三節」的節慶活動。三歲、五歲、七歲的小朋友，跟著父母到神社祈求順利長大。以前因為醫療不發達，許多孩子不到七歲就死亡，所以才會有像這樣的活動吧！無論是以前還是現在，孩子健康長大，就是父母最大的心願。

▶ **請由下列說明選出正確答案。**

a　日本沒有跟孩子有關的慶典活動。

b　祈祝女孩子順利成長的慶典是在五月。

c　節分是光只有大人進行的慶典活動。

d　七五三所指的是孩子的年齡。

▶ **會話 1**

婷婷：由里的姪女，每次看到都覺得大好多喔。

由里：是啊，孩子的成長真的很快呀。婷婷，這個週末有空嗎？

婷婷：唔，我得看一下行事曆才知道有沒有空。

由里：姪女今年要參加七五三節，婷婷要不要跟我們一起到神社去參拜呢？

婷婷：到神社去嗎？哇！我想去。

由里：如果妳有空的話，跟我們一起去吧！

▶ **會話 2**

婷婷：不好意思我遲到了！因為公車一直都不來。

由里：從那麼遠的地方來，真的很辛苦吧。那，我們走吧！

婷婷：妳哥哥和嫂嫂，還有姪女，都等很久了吧。

由里：沒關係的。哥哥他們也有打來說會晚一點到。

婷婷：從這裡到「稻爪神社」要多久呢？

由里：走路大概五、六分鐘。爬過這個坡馬上就到了。

## 問題 23　盂蘭盆節是怎麼樣的節日？ P. 147

以八月十五日為中心，從十三日到十六日這段期間稱為「お盆」（盂蘭盆節），很多人會趁這段期間休假返鄉探親。盂蘭盆節是由佛教的「盂蘭盆會」衍生而來的節日，主要是迎回祖先，供養祖先們的靈魂。除了會到祖墳去參拜之外，也會在家裡擺上「盂蘭盆節」擺飾。

另外，人們也會在寬敞的廣場上搭建一座望樓，然後在明亮的燈光下和著民謠或是動漫歌曲，圍繞著望樓一起跳「盆舞」。在祭典的會場上，章魚燒、蘋果糖葫蘆、撈金魚等夜市攤販也會出來擺攤，小孩子、年輕人和長輩們，全都會開心地一起享受歡樂時光。盂蘭盆節不只是療慰了祖先們的靈魂，也是跟街坊鄰居交流互動的好機會。

▶ **請由下列說明選出正確答案。**

a　盂蘭盆節在八月初。

b　盂蘭盆節主要目的是供養祖先，是以佛教為基礎的節慶活動。

c　盂蘭盆節祭典只有年紀大的長輩參加。

d　盂蘭盆節僅是家族間的節慶活動。

▶ 會話 1

婷婷：雨停了，天氣就整個好轉了呢。

由里：看樣子，今晚的盂蘭盆節祭典不會取消了。

婷婷：太好了！特地練習了盆舞，如果取消的話就太可惜了。

由里：那我們現在就去就去請奶奶幫我們穿浴衣吧。

婷婷：不好意思，給由里的奶奶添麻煩了。

由里：我自己也不會穿啊，所以就一起讓奶奶教吧！

▶ 會話 2

婷婷：我們兩個人都很會跳盆舞呢！

由里：即使不清楚舞步，看著很厲害的人跳也馬上就學會了。

婷婷：我們一直持續跳到最後，已經精疲力竭了。

由里：到那裡買個冷飲，然後坐著休息一下吧！

婷婷：啊，我去買過來。妳請先去坐。

## 問題 24 日本也有古典文學嗎？

P. 153

當然有啊。日本將明治時代以前撰寫的雋永、典範文學作品，歸為古典文學；明治時代之後（1868 年～）撰寫的作品則視為近代文學。

日本自中學開始，學生就會在學校課程中學習古典文學，跟中國的古典文學一樣，日本的古典作品與現代文學的用詞遣字差異懸殊，不使用字典的話，幾乎難以閱讀。

若是說到知名的作品，《竹取物語》是日本最古老的故事，以「輝夜姬」之名，在傳說故事及電影中廣受歡迎。《枕草子》則是在平安時代撰寫的唯一的隨筆散文作品，以女性化特有感性觀點，描寫出當時的生活情景。《源氏物語》也是平安時代的作品，寫的是主角光源氏的戀愛軼事。

▶ 請由下列說明選出正確答案。

a 《源氏物語》所描寫的是江戶時代。

b 《枕草子》的作者是男性。

c 《竹取物語》是隨筆散文作品。

d 日本將明治時代以前所撰寫的雋永作品，稱之為「古典文學」。

▶ 會話 1

婷婷：由里，妳會常閱讀古典文學作品嗎？

由里：嗯嗯，學生時代在課堂上曾經讀過，但是沒有字典就難以閱讀，所以平常幾乎都不會去看。

婷婷：唔，就連日本人都覺得很難嗎？

由里：當然。古典文學很難的呢。

婷婷：我對日本的古典文學很有興趣。哪一部比較好，請介紹給我。

由里：那，我推薦《源氏物語》。

▶ 會話 2

婷婷：其實在學生時代，古典文學是我最擅長的科目。

由里：好厲害喔。我聽說在台灣得要把古典文學硬背下來，是真的嗎？

婷婷：嗯嗯，這是真的喔。雖然說硬背真的很辛苦，但因為我很喜歡古典文學，所以背得很認真。

由里：我對中國的古典文學也很有興趣，想要讀看看。

婷婷：妳想看哪一部呢？

由里：我想先從最有名的《三國誌》開始看。

## 問題 25　為什麼日本人會那麼喜歡漫畫呢？ P. 162

在日本，大人和小孩都經常看漫畫，很多人喜歡漫畫。我想理由可能是日本漫畫的水平相當高，而且類型非常多元。除了少年漫畫、少女漫畫之外，也有數本以大人為導向的漫畫雜誌，週刊、月刊，再與其他類型的雜誌加總起來，在日本發行的漫畫雜誌超過了兩百本。在如此競爭激烈的環境中所產出的作品，水平理所當然就會變高。

以這十幾年來的現象來說，漫畫成為戲劇、電影，或是電玩遊戲原作的機會增加不少。另外，日本的動畫作品在國際上也開始獲得相當高的評價。漫畫或動畫並不見得只是給小孩子看的，精彩的作品非常多，有機會的話請一定要看看喔！

**▶請由下列說明選出正確答案。**

a　在日本，漫畫只有小朋友會看。

b　日本的大人之中，也有很多喜歡看漫畫的人。

c　日本的動畫電影在國外幾乎沒有拿到什麼評價。

d　在日本，漫畫雜誌大約有 50 本左右。

**▶會話 1**

婷婷：哇，好大的一個紙箱喔。

由里：是從老家寄送過來的書。

婷婷：給妳送來什麼樣的書啊？學習的書嗎？

由里：不是，是小說、漫畫之類的。

婷婷：哇，有漫畫嗎？我好想要看看日語的漫畫。

由里：那麼，我借妳一本吧！

**▶會話 2**

婷婷：啊，這是漫畫吧？這部漫畫作品叫什麼呢？

由里：叫《凡爾賽玫瑰》。

婷婷：好像有聽過。

由里：這是描寫法國大革命的作品，相當出名而且有趣。

婷婷：不會很難嗎？我也可以看得來嗎？

由里：沒問題的，我希望妳一定也要看看這部作品。

## 問題 26　在日本社會裡，一定要會敬語嗎？ P. 168

雖說並非不會敬語就絕對不行，但我覺得確實地使用敬語還是比較好。因為你本人明明對對方相當尊重，但卻可能因為沒有使用敬語，所以無法將敬意傳達給對方，因而造成誤會。對於初次碰面的人、長輩，或是工作相關的人士等等，還是使用敬語比較好！

應該有很多人覺得「日語因為有敬語，所以好難學喔」，對吧？的確，要把「食べます」轉換成尊敬語的「召し上がります」，或是謙讓語的「いただきます」，像這樣的表現用法真的很難記住。但是，先不要想得太難，從簡單的敬語開始試著用用看如何呢？就像學習初級日語一樣，在語尾加上「です」跟「ます」，或是像「お電話」或「ご住所」一樣，稍微加上丁寧語的用法也是可以的。

▶ **請由下列說明選出正確答案。**

a 面對初次碰面的人，使用敬語會比較好。

b 日本人無論是面對誰，總是隨時都會使用敬語。

c 在使用敬語的時候，一定必須要用上尊敬語跟謙讓語。

d 在工作上沒有必要特地使用敬語。

▶ **會話 1**

婷婷：上次的簡報結果如何呢？

由里：啊啊，多虧婷婷幫忙，進行得很順利。

婷婷：那就太好了。

由里：在您百忙之中，還幫了我許多忙，真是謝謝妳。

婷婷：不客氣，妳別在意。有困難的時候本來就該互相幫忙。

由里：婷婷下次如果有日語相關的困擾，儘管告訴我，別客氣喔！

▶ **會話 2**

婷婷：由里，妳現在方便嗎？

由里：嗯嗯，方便啊。怎麼了？

婷婷：不好意思，妳可以幫我把這封信翻譯成日語，然後發 MAIL 到這個網址去嗎？

由里：嗯嗯，可以喔。很急嗎？

婷婷：對啊，不好意思。可以的話希望今天可以完成。

由里：好的，我知道了。現在就馬上處理。

## 問題 27 到神社參拜時，有什麼禮節嗎？ P. 175

如果只是去欣賞建築物，我覺得不必太在意禮節。不過，其實神社裡多少還是有一些規矩和禮節，所以請務必記在心底。

首先，在經過鳥居的時候，要輕輕行一個禮。走參拜道路時，盡量走路邊。因為道路中央一般讓神明通行。接著要到淨手池用勺子舀水清洗雙手，接著用手心接水漱口，不可以用勺子直接舀水就口。

參拜時，先鞠躬行禮，接著搖晃鈴噹，最後靜靜放入香油錢。然後鞠躬兩次（深深的兩次大禮）、拍手兩次（用手拍兩次），接著再鞠躬一次（再次深深鞠躬）。如果你有抽籤的話，好的籤請帶回家，不好的籤則拿去綁在指定綁籤條的地方。繪馬則是用來寫具體的願望並奉獻給神明的。

**▶請由下列說明選出正確答案。**

- a 在參拜的道路上，請走在正中央。
- b 香油錢請大聲地投入吧。
- c 抽到的籤全部都要綁在指定的地方，不可以帶回家。
- d 不可以把勺子直接放到嘴巴上。

**▶會話 1**

婷婷：哇，好大的神社喔。

由里：婷婷，妳是第一次來這裡嗎？

婷婷：嗯嗯。之前只來過門口，但這是第一次進來。

由里：那麼，我們快點往神社裡面走吧。

婷婷：啊，淨手池。在這邊把手洗一洗比較好對吧？

由里：對啊。用勺子舀水洗手。

**▶會話 2**

婷婷：由里，妳參拜拍手的時候，在心裡許了什麼願望呢？

由里：那是秘密。婷婷呢？

婷婷：我的奶奶生病了，我祈求她可以早日康復。

由里：如果神明能夠實現妳的願望那就太好了。

婷婷：我非常認真地在祈求，所以我想一定沒問題的。

由里：那，我們去抽籤吧。希望抽到大吉。

## 問題 28　日本人為什麼那麼喜歡櫻花呢？ P. 181

櫻花的確是日本的國花。不過，日本人深愛櫻花似乎並非僅為了這個理由。重新思考一下真正的理由，首先應該是櫻花的美深深地牽動著日本人的心。許多人覺得櫻花的花瓣極為純潔、惹人憐愛，討人喜歡。可能也是因為這樣，在日本大量販賣以櫻花花瓣為主題的小物品。

再來，花期短這一點可能也是魅力之一。即使今天滿樹盛開，但只要狂風一吹、大雨一淋，隔天馬上就散落殆盡，這就是櫻花。日本人將此意象投射在人生的短暫虛幻。

最後，櫻花能讓人們知道春天的到來，因此也象徵著希望。日本冬天嚴寒，所以人們總是焦慮地等待著春天的到來。就連童謠裡頭都有「春天來吧，快快來吧」之類的歌詞。到日本除了拜訪著名的櫻花景點之外，其他還有許多地方櫻花也很美，大家去探訪看看吧！

**▶請由下列說明選出正確答案。**

- a 日本人非常喜歡櫻花，幾乎沒有理由可言。
- b 只有在非常有名的公園才會有櫻花。
- c 若是遇到強烈的陣雨，櫻花很快就會散落殆盡。
- d 櫻花是會讓人聯想到寒冷冰雪的花。

▶ 會話 1

婷婷：我想要讓台灣的家人也看看這個美麗的櫻花。

由里：拍下照片傳送過去如何？

婷婷：那麼，不好意思，可以幫我跟櫻花一起拍照嗎？

由里：嗯，妳想讓妳的家人們看看神采奕奕的臉龐對吧？

婷婷：站在這邊可以嗎？

由里：嗯嗯，稍微再往左邊靠一點……。啊，就停在那裡。好來，cheese（笑一個）。

▶ 會話 2

婷婷：好多人在賞櫻花呢！

由里：因為這裡很有名啊。

婷婷：簡直就像祭典一樣熱鬧。

由里：我們也趕快找個地方，把便當打開來吧！

婷婷：啊，那邊的人們看來好像要回去了。

由里：那，我們過去那邊，慢慢地享受美食、欣賞櫻花吧！

## 問題 29 「わび」（侘）跟「さび」（寂）是什麼意思呢？ P. 187

在說明日本文化的特色時，我想應該有很多人會同時聽到這兩個字吧？「わび」跟「さび」都是日本人在展現美學意識的用語，一般是指樸實靜心的狀態。

「わび」（侘）指的是簡樸到可說是空虛不足的單純狀態。例如日本茶道的茶室等，裝飾少，感覺非常簡單。對外國人來說，可能會是讓人感到太簡單的空間，但對日本人來說，卻會感到非常舒適自在。

「さび」（寂）指的是在幽靜或老朽中，蘊含著深意的狀態。就像是比起嶄新且華麗的東西來說，老朽的舊骨董更有味道的感覺。散落的櫻花、枯黃的落葉、覆滿青苔的岩石……，在自然風景之中，比生氣蓬勃，對生命終了更為感動，這種心境就是侘寂之美。

▶ **請由下列說明選出正確答案。**

a 說明日本文化時，經常同時使用「わび」跟「さび」。

b 比起老舊的東西，日本人只要東西是新的就都喜歡。

c 靜謐的事物不能用「わび」來形容。

d 自然界中並沒有符合「わび」與「さび」的東西。

▶ 會話 1

婷婷：由里，下次的茶道練習請讓我一起見習。

由里：當然可以啊，但怎麼了嗎？這麼突然。

婷婷：最近我對日本的傳統文化燃起了興致。

由里：妳說的傳統文化，比方說是？

婷婷：像是茶道啊，還有歌舞伎、能劇等等……。

**▶ 會話 2**

婷婷：謝謝妳上禮拜讓我見習了茶道的練習。

由里：覺得如何呢？有什麼收穫嗎？

婷婷：茶室裡頭非常簡樸，讓我感到有些意外。

由里：那就是所謂的侘寂之心。

婷婷：多虧了由里，我多少有點了解日本之心了。

## 問題 30 日本似乎有專業棋士，那是指圍棋，還是將棋呢？

P. 193

在日本，將棋和圍棋都有專業棋士。要成為將棋的專業棋士，首先必須要加入獎勵會（棋士養成機構）。在裡頭進階到三段的話，就可以參加循環賽，賽事中取前兩名進階四段，成為專業棋士。在晉身專業棋士之後，就可以參加頭銜戰或公式戰。

在圍棋方面若想成為專業棋士，一般會先選擇進入日本棋院或是關西棋院。不過，在這之中每一年只有不到十個人可以成為專業棋士，大門非常窄。跟將棋一樣，成為專業棋士之後，就可以參加頭銜戰。女性要成為專業棋士是有可能的，然而以現在來說，圍棋和將棋的領域裡，都還沒有女性專業棋士出現。最近有未成年的專業棋士誕生，而 AI（人工智慧）與人類一戰高下的賽事，也讓將棋與圍棋受到了更多的矚目。

**▶ 請由下列說明選出正確答案。**

a 女性不能成為專業棋士。

b 成為專業棋士是一件簡單的事情。

c 日本有專業的將棋棋士及圍棋棋士。

d 不是專業棋士也可以參加頭銜戰。

**▶ 會話 1**

婷婷：由里，下週日妳有約了嗎？

由里：每個週日我都會上教會，怎麼了嗎？

婷婷：其實，我在想不知道妳是否能教我玩日本的將棋。

由里：咦？將棋嗎？

婷婷：我收了一個伴手禮是將棋，所以才會想要學看看。

由里：週日的下午可以嗎？

婷婷：我沒問題。好期待喔。

**▶ 會話 2**

婷婷：日本的將棋好有趣喔。

由里：從那之後有經常玩嗎？

婷婷：嗯嗯。雖然只是網路上的遊戲，但我每天都有玩。

由里：每天？這樣的話應該變得很厲害了吧？

婷婷：沒有，還差得遠呢。下得不好，只是很喜歡罷了。我還買了書正在研讀。

由里：好有熱情喔。下次一起來玩一局吧！